NOMEN
노멘

노멘 1

이영균 장편 소설

초판 1쇄 찍은 날 § 2012년 6월 13일
초판 1쇄 펴낸 날 § 2012년 6월 20일

지은이 § 이영균
펴낸이 § 서경석

편집부장 § 권태완
편집책임 § 어정원
디자인 § 이혜정

펴낸곳 § 도서출판 청어람
등록번호 § 제1081-1-89호
등록일자 § 1999. 5. 31
어람번호 § 제1-1406호

주소 § 경기도 부천시 원미구 심곡2동 163-2 서경B/D 3F (우) 420—822
전화 § 032-656-4452 팩스 § 032-656-4453
http://www.chungeoram.com
E-mail § chungeorambook@daum.net

ISBN 978-89-251-2907-5 04810
ISBN 978-89-251-2906-8 (세트)

NOMEN

노멘

FUSION FANTASY STORY

이 영 균 장편 소설

1

도서출판 청어람

Contents

프롤로그

오늘 성하께서 불의의 암습으로 천종하셨다.

나는 어제 있었던 기묘한 일을 기록으로 남겨야겠다는 사서의 일념으로 밀려오는 슬픔을 뒤로하고 이 글을 적는다.

교황청 사서로서의 봉직은 언제나 경이로움의 연속이지만 그 어떤 일도 어젯밤의 놀라움에 비견할 수는 없으리라.

요한 12세 성하께서는 964년 5월 13일 밤, 바로 어제 밤 황송하옵게도 비천한 나를 부르시고는 한 가지 글—신이여 용서하소서—을 구술해 적게 하셨다.

교황 성하와 자존심있는 교황청 사서의 언약에 따라 버음은 밝히지 못하지만—오! 주여 인간을 굽어살피소서—성하의 말씀은 받아 적는 사서의 손을 떨리게 하고 눈에서 눈물이 멈추지 않게 하는 내용으로 점철되어 있었다.

글이 완성되자 성하께서는 양피지를 넣을 상자의 위치를 알려주시면서—오, 신이여 성하를 굽어 살피소서—성하 자신이 선종하시는 날을 신의 징표로 삼아 자물쇠를 잠그라 명하셨다.

당혹스럽고 또 당혹스러웠지만, 비천하고 비루한 일개 사서가 할 수 있는 말은 단 한 가지였다. 나는 성화의 교음을 목숨을 담보로 성실하게 수행할 것을 맹세했고 또 그렇게 했다.

오~! 그리스도의 옥좌 왼편에 오롯이 앉으신 성 베드로시여 교황을 보호하소서.

성하는 자신의 운명을 알고 있었나이다.

한 이름없는 사서의 개인기록

제1장

출소

NOMEN
노멘

딩동~! 딩동~!

동범은 언제나 그랬듯이 차임벨 소리와 함께 눈을 떴다. 벨 소리는 하루의 시작을 알리는 신호였다. 뒤이어 하루에 단 한 차례, 이 시간에만 들을 수 있는 여성의 목소리가 스피커를 통해 들려왔다.

"수형자 여러분은 자리에서 일어나 침구류를 정리해주시기 바랍니다."

지난 1년간 그랬듯이 동범은 여성의 목소리가 채 끝나기도 전에 일어나 침구를 정리했다.

다른 재소자들이 그런 동범을 보며 한마디씩 건넸다.

"기자 양반, 마지막 날까지 대단하네."

"동범 씨는 좋겠어. 오늘 출소지?"

"난 아직 3년이나 남았어. 언제나 세상 공기를 마실 수 있을는지."

재소자들의 말처럼 오늘은 동범의 출소일이다.

먼저 출소한 다른 재소자들처럼 동범도 그들의 말에 대답하지 않고 엷은 미소만 지었다.

남은 이들은 최하 1년에서 많게는 10년까지 원치 않는 수감생활을 더 해야 했다. 당연히 치러야 할 죗값을 치르는 것이지만 어쨌든 이런 상황에는 어떤 종류의 위로도 도움이 되지 않는다.

침구류를 정리하고 푸른색 수형복을 입고 줄맞춰 앉자 교도관의 목소리가 들렸다.

"1중 점검, 각방 차렷."

기결수 수용동의 인원점검이 시작되었다.

교도관이 복도를 걸으면 굳게 닫힌 문의 쪽창 너머로 재소자들이 방마다 인원보고를 한다.

"성실. 번호 하나, 둘, 셋, 넷, 다섯 번호 끝."

점호를 끝나면 세면을 하고 아침식사 시간이다.

식사를 담당하는 재소자들이 각 방으로 음식을 배달해주

면 배식된 음식을 같은 방을 쓰는 다섯 명이 나누어 먹는다. 재소자들에게는 음식을 먹는 것도 의무이다. 특별한 경우가 아니면 식사를 거부하거나 남기는 일은 허락되지 않는다.

오늘이 바로 그런 특별한 경우다.

동범은 아침을 먹지 않고 자기의 몫을 다른 재소자들에게 양보했다. 출소 당일까지 거친 수형자용 배식을 먹을 이유는 없다.

식사를 마치고 설거지를 끝내면 이별의 시간이다.

인사는 언제나 단 한 가지다.

"기자 양반, 절대 다시 오지 마. 둥글둥글 사는 것이 편하게 사는 길이야."

"가늘고 길게 몰라? 동범 씨, 나가면 연락할게. 모른 척하면 안 된다."

"좋은 공기 마시면서 삼겹살에 소주나 한잔하자고."

아침식사를 마치면 재소자들은 위탁 작업, 전일작업, 구외 공장 작업 중 한 가지 일을 한다.

위탁 작업은 일당 4,000원을 받고 교도소 내의 일반적인 허드렛일, 즉 청소, 빨래 등을 하는 일이다. 교도소도 사람이 사는 곳이니 잡일을 할 사람은 언제나 필요했다.

전일 작업과 구외작업은 교도소 내에 마련된 공장에 입주한 외부업체의 일을 한다. 8시간 동안 이어지는 전일 작업과 구외작업의 일당은 1만2,000원이다.

당연히 재소자들에게는 전일 작업과 구외작업이 훨씬 인기가 있다. 원한다고 모든 재소자가 일을 할 수 있는 것은 아니다. 작업을 하려면 수형성적이나 체력 교도관과의 친분이 변수로 작용한다.

동범도 1년 동안 쇼핑백 만드는 일을 했다.

8시간 동안 9명이 한 조를 이뤄 종이를 재단해 재단된 종이를 풀로 붙이고 끈을 끼우고 묶어 손잡이를 만드는 일을 반복한다. 국내에서 판매되는 쇼핑백의 70~80%가 이런 식으로 교도소에서 만들어진다.

하루 목표 수량 5,000개 이상을 만들면 성과급도 받는다. 성과급은 한 달에 12만 원 정도다.

동범은 쇼핑백 작업으로 지난 1년 동안 150만 원을 벌었다. 돈이 절실한 것은 아니었다. 그저 잡념을 없앨 무언가가 필요했을 뿐이다. 아무 생각 없이 종이를 자르고 풀을 붙이다 보면 하루가 빨리 지나갔다.

"이 기자, 그동안 수고했어. 나가자."

안면이 있는 교도관이 동범을 데리러 왔다.

묵묵히 일어난 동범은 감방을 둘러보았다. 그의 시선이 방의 작은 창문에 멈췄다.

올해는 유난히 눈이 많이 내렸다.

그래도 언제나 봄은 겨울을 이기는 법. 냉기가 올라오는 감방의 굵은 쇠창살 사이로 보이는 나무에 새순이 솟아난 모습이 싱그러웠다.

그 모습을 말없이 바라보고 있던 교도관이 재촉의 의미를 담아 헛기침을 했다.

교도관을 따라 몇 개 철창을 지나고, 사인을 하고, 푸른색 수형복을 벗고 입소 당시 맡겨두었던 사복으로 갈아입었다.

사복을 입자 비로소 약간이나마 자유가 된다는 실감이 났다.

*　　　*　　　*

동범은 세상과 자신을 단절시키고 있었던 문을 바라보았다. 문은 터무니없이 거대하고, 단단하고, 두꺼웠다.

그를 인솔해온 교도관이 문을 지키고 있는 또 다른 교도관에게 종이 한 장을 건넸다. 아무 가치없는 종이 한 장이 자신을 구속하고 얽매고 있었다는 사실이 이상하게 우스웠다.

서류가 확인되고 사인되는 동안 동범은 철문의 회색빛 페인트를 비집고 흘러나와 엉겨 붙은 녹물을 바라보았다.

녹물은 기묘하게도 영화에서 본 적이 있는 악마의 얼굴과 닮아 있었다.

그런 동범의 어깨를 서류처리를 마친 교도관이 두드렸다.

그리고 말했다.

"이 기자, 다신 오지 마."

"……."

교도관은 마치 그 말을 하는 것이 자신의 유일한 존재의 의미인 것처럼 단어 하나하나, 음절 하나하나에 힘을 주고 있었다.

동범은 그의 말에 대답하지 않았다.

교도관의 허락없이 입을 여는 것은 결코 허락되지 않는 행동이었다. 1년 동안 그는 그렇게 교도관의 손짓과 눈빛에 반응하도록 길들여졌다.

교도관이 말이 없는 동범을 이해한다는 듯 고개를 끄덕였다.

삐걱~!

절대 열리지 않을 것 같던 회색 문이 비명을 지르면서 열렸다. 교도관이 다시 한 번 고개를 끄덕이며 동범의 어깨를 밀었다.

동범은 까마귀에 쫓기는 메뚜기처럼 교도관의 손에 밀려 문밖으로 나갔다.

단 한걸음이었다.

한걸음에 공기가 바뀌었다.

다를 리 없는 햇살도 바뀌었다.

눈부신 아침햇살에 눈이 시렸다. 눈물이 날 것 같았다. 동범은 얼른 눈을 비볐다. 그리고 고개를 흔들었다.

"……."

예상은 했지만 동범을 마중 나온 사람은 없었다.

부모님은 동범이 군복무를 할 당시 교통사고로 돌아가셨다. 형제도 없었고, 사귀던 여자 친구도 형(刑)이 확정되자 당연하다는 듯 떠났다.

자신이 감옥에 간다는 사실을 누구에게도 알리고 싶지 않았다. 그래서 친구들은 그가 죽었다고 생각하고 있을는지도 몰랐다.

그렇다고 다니던 신문사에서도 마중을 나오지 않았다. 충분히 이해할 수 있었다. 동범 덕분에 신문사가 겪은 고초도 컸다.

동범은 첫 걸음마를 하는 아이처럼 조심스럽게 걸음을 옮겼다.

차가 다니는 대로를 향해 걷던 동범은 작은 국밥집 앞에 멈춰 섰다.

'두부를 먹어야 하나?

출소를 하는 사람에게 두부를 먹이는 습관은 수많은 드라마와 영화에서 보던 익숙한 장면이다.

배고프던 시절, 두부는 싸면서도 소화가 쉬운 고단백이기도 했고 하얀 두부를 먹음으로서 뼛속까지 하얗게 새사람이 되라는 의미가 담겨 있다는 소릴 들은 적이 있다.

망설이던 동범은 결국 두부를 먹지 않기로 했다.

마지막 남은 자존심이다.

판사는 그가 죄가 있다고 말했고 가차없이 징역 1년 2개월의 실형을 선고했다. 하지만 판사의 결정을 인정한 적은 단 한 번도 없다. 동범은 자신이 불법을 저지른 적이 없다고 확신하고 있었고, 그것은 진실이었다.

처음부터 운명의 실타래는 어디서부터 풀어야 할지 모를 만큼 엉망진창으로 얽혀 있었다.

대로로 나온 동범은 택시를 잡아탔다.

"버스 터미널이요."

택시기사가 룸미러로 자신을 살피는 것이 느껴졌다. 기사는 경멸의 감정을 구태여 숨기려 하지 않았다.

교도소에서 나오면 첫 번째로 만나는 대로다. 수없이 많은 재소자들이 이 길을 통해 사회로 나갔을 것이다. 그리고 그들은 택시기사가 보내는 것과 같은 종류의 시선들을 헤쳐 나가야 했을 것이다.

동범은 기사의 시선을 무시하고 창밖을 바라보았다. 풍경이 스치듯 흘러 지나갔다. 짧다면 짧은 1년의 기간 동안 세상에 큰 변화가 있었을 리 없다. 그렇지만 스쳐 지나가는 풀 한 포기, 보도블록 한 개가 새삼스러웠다. 그 풍경은 군입대 후 첫 휴가를 나왔을 때 보던 세상과 정확히 닮아 있었다.

"8,600원입니다."

만 원짜리 지폐로 요금을 지불하고 거스름돈을 받았다.

이상하게 웃음이 나왔다.

동범은 웃기 시작했다.

"하하하하하~!"

단순히 돈을 지불하고 거스름을 받는 단순한 행동을 1년간 하지 못했다.

인생에 있어서 1년의 공백이 생겼다. 그것도 자의가 아니라 타의에 의해서였다.

"하하하하하하~! 끄윽~! 끄윽~!"

웃음이 멈추지 않았다.

동범은 급기야 대로변에 쭈그리고 앉아 컥컥댔다.

그런 그의 주변으로 사람들이 이상하다는 또는 측은하다는 눈빛을 보내며 지나갔다.

동범은 아랑곳하지 않고 웃었다.

"끅끅~!"

이것이 바로 자유다.

1년 동안 타의에 의해 억압되었던 자유다.

동범은 지칠 때까지 마음껏 웃었다.

*   *   *

1년 만에 집으로 돌아온 동범을 맞아준 것은 우편함을 가득 채운 단전과 단수, 그리고 관리비를 독촉하는 경고장 뭉치였다.

동범은 경고장들을 무시하고 엘리베이터를 타고 집으로 올라가 굳게 잠겨 있던 문을 열었다.

끼이익~!

차갑고 스산한 공기가 그의 귀가를 거부하는 것 같았다.

25평짜리 서민아파트는 부모님이 물려주신 것이다.

동범은 이 아파트를 지키기 위해 억울함을 무릅쓰고 상소를 포기했다. 1년의 감옥 생활과 부모님이 평생을 고생해 마련한 아파트를 맞바꿀 수는 없었다.

물론 절대 검찰을 이길 수 없다는 현실적인 판단도 작용했다.

물이 나오지 않았다.

전기도 들어오지 않았다.

현대 문명사회에 그의 집만이 홀로 버려진 것 같았다.

잠시 집 안을 살펴본 동범은 베란다와 침실의 창문을 열어 젖히고 퀴퀴한 냄새가 나는 침대에 누웠다.

천정의 무늬를 세던 동범은 잠시 후 죽은 듯 잠에 빠져들었다.

꿈속에서 동범은 고속도로를 맨발로 달리고 있었다.

그런 동범 뒤를 검은 승합차가 따라왔다. 승합차에는 검은 양복과 검은 모자 그리고 검은 선글라스를 낀 남자들이 가득 타고 있었다.

'브루스 브라더스'를 닮은 남자들은 양손에 기관단총을 한 자루씩 들고 있었다.

"멈춰!"

"멈춰!"

남자들이 외쳤다.

멈출 수 없었다.

동범은 그들에게 잡히면 다시 감옥을 가야 한다는 사실을 알고 있었다.

그가 멈추지 않자 남자들이 총을 쏘기 시작했다.

총알이 슬로우 모션으로 날라 왔다.

그 순간 동범은 황금 돼지가 되어 있었다.

황금 돼지가 된 동범은 똥으로 만들어진 산으로 들어가 총알을 피했다. 그 모습은 마치 탭댄스를 추는 것 같았다.

거대한 똥 산에 황금 돼지가 탭댄스를 춘다.

그 모습이 너무 우스웠다. 웃고 또 웃다가 동범은 잠에서 깼다.

"……"

낮잠을 자고 나면 시간관념이 없어질 때가 있다. 지금이 오늘인지 어제인지 내일인지 모를 세상과의 괴리감이 동범을 당황하게 했다.

"감옥은 아냐. 그럼 됐어."

안심이다.

아직도 해는 중천에 떠 있었다.

배가 고팠다. 아침부터 아무것도 먹지 않았다는 사실을 떠올렸다.

널려 있는 배달 음식점 팸플릿을 뒤졌다.

"중국 음식이야, 중국 음식. 기름기가 먹고 싶어."

처음부터 선택은 한 가지였다.

핸드폰을 꺼냈다. 전원이 들어오지 않았다. 1년을 교도소 개인물품 사물함에서 잠자고 있던 핸드폰이 켜질 리 없다.

충전기를 찾아 꽂아보았다. 그리고 새삼 전기가 단전되었다는 사실을 깨달았다.

어쩔 수 없이 옷을 걸치고 집밖으로 나섰다.

동범이 향한 곳은 핸드폰 대리점이었다.

"직권해지되어 있네요."

"어떻게 하면 됩니까?"

"일단 밀린 요금과 위약금을 내시면 직권해지를 풀 수 있습니다."

"그렇게 해주세요."

직원은 컴퓨터를 조작했다. 그리고 말했다.

"이제 위약금도 없으니 최신형 스마트폰으로 바꾸세요. 요즘 스마트폰이 대세랍니다. 기계값 없이 공짜예요, 공짜!"

1년 전, 스마트폰을 사고 싶었지만 위약금 덕분에 참은 적이 있었다. 동범은 스마트폰을 사기로 했다. 1년을 잘 참은 자신에게 주는 선물이다.

"이왕이면 최신형으로 주세요."

대답을 들은 직원의 표정이 환해졌다.

그는 만면에 미소를 띠고 말했다.

"개통하는 동안 커피라도 한잔하시면서 기다려 주세요. 그리고 많이들 쓰시는 어플을 깔아드릴까요?"

"어플이요?"

"애플리케이션, 즉 프로그램을 말합니다. 공짜로 문자를 쓰게 해주고 벨소리도 만들어주고 등등 많아요."

"해주세요."

과정은 간단했다.

대략적인 사용설명을 들은 동범은 개통된 스마트폰을 들고 대리점을 빠져나왔다.

워낙에 아무것도 없는 탓에 마트에 들러 1리터 생수 몇 병과 몇 가지 먹을거리를 사서 집으로 돌아온 동범은 중국집에 전화를 걸었다.

"짜장면, 짬뽕, 볶음밥, 탕수육, 양장피, 라조육, 칠리새우 하나씩 가져다주세요. 그리고 고량주 큰 것도 한 병이요."

"잔치라도 하시나 봐요? 잘해드리겠습니다."

"혼자 먹을 거예요."

동범은 사실대로 말했다.

중국집 주인은 잠시 당황한 눈치다. 아랑곳 하지 않고 전화를 끊은 동범은 잠시 망설이다가 다시 전화를 걸었다.

"치킨집이죠? 양념 반, 후라이드 반하고 생맥주 2,000cc 배달해주세요."

이제 기다림의 시간이다.

동범은 텔레비전도 나오지 않는 텅 빈 방을 지켰다. 할 일이 없었다.

새로 산 스마트폰을 만지작거렸다.

"좋은 세상이군. 이 조그마한 물건이 인터넷도 되고 텔레비전도 볼 수 있고, 사진에 동영상에……."

스마트폰으로 신문기사를 읽고 있으려니 음식들이 도착했다. 동범은 바닥에 접시들을 늘어놓고 미친 사람처럼 음식을 입에 밀어 넣기 시작했다.

먹고, 마셨다.

고량주 한 병과 생맥주 2,000cc로는 술이 부족했다.

베란다에 돌아가신 어머니께서 담가놓으셨던 매실주가 있다는 생각이 났다. 매실주 항아리를 들고 왔다.

잔은 밥공기 하나면 충분했다.

술은 기분 나쁠 정도로 맛있었다.

아버지는 매실주를 좋아하셨고 어머니는 청매실이 수확되는 철이면 잊지 않고 매실주를 담그시곤 했다.

어머니 생각이 났다. 유난히 엄격했던 아버지 생각도 났다.

동범은 술과 눈물을 함께 마셨다. 그리고 잠이 들었다.

*　　　*　　　*

머리가 깨질 것 같았다.

속도 엉망진창이었다. 1년의 원치 않은 금주는 말술이었던 주량마저 낮춰 놓았다.

생수를 마신 동범은 그것으로 부족했는지 남아 있던 식어

빠진 짬뽕 국물까지 들이켰다.

"살겠다."

이제야 거실을 둘러볼 마음의 여유가 생겼다. 1년 동안 사람이 살지 않은 집을 먼지가 점령하고 있었다.

안 살려면 몰라도 살려면 이렇게 둘 수 없다.

옷을 걸쳐 입은 동범은 우선 가까운 사우나로 향했다. 뜨거운 몸에 몸을 담그고 묵은 때도 벗기고 땀도 뺐다.

사우나를 나온 동범은 이번에는 아파트 관리사무실에 들러 관리소장을 만나 그동안 밀린 관리비를 정산했다.

수도 요금과 전기 요금도 처리했다. 인터넷도 연결했다.

수도가 나오고 전기가 들어오니 청소도 할 수 있었다.

손에 잡히는 옷들을 몽땅 세탁기에 넣고 돌렸다. 이불들은 욕조에 담그고 세제를 듬뿍 뿌린 다음 발로 밟았다.

청소기를 돌리고 물걸레를 만들어 집안을 몇 번이고 닦아냈다.

냉장고 안의 음식들도 모두 버리고 안을 락스로 깨끗하게 닦았다.

원래 집에서 거의 음식을 안 해먹었던 것이 천만다행이었다.

일반 가정집 냉장고가 1년씩이나 방치되었다면?

상상만 해도 끔찍한 참상이 벌어졌을 것이다.

"청소 끝~!"

오후가 되어서야 청소가 끝났다.

목이 탔다.

이럴 때 필요한 것은 시원한 아메리카노 커피 한 잔이다.

동범은 집 근처 커피 전문점으로 향했다. 1년 동안 아메리카노 커피에 굶주려 있었다. 동범은 유난히 커피를 그것도 설탕이 들어 있지 않은 블랙 아메리카노 커피를 좋아했다.

바리스타가 건네주는 투명한 플라스틱 커피잔을 들고 흡연실로 들어갔다. 담배를 한 대 꺼내 피워 무니 일반인이라는 실감이 났다.

카페 안은 화창한 날씨 덕분인지 아니면 집 주위가 대학가 주변이라는 특성 때문인지 화사한 차림의 청춘남녀들로 만원이었다.

시선이 하늘하늘 나풀거리는 파스텔톤 봄옷으로 차려입은 여대생들에게 멈췄다. 그녀들은 무엇이 그리도 좋은지 깔깔대며 웃고 있었다. 봄기운과 청춘이 넘실거리는 풍경이 보기 좋았다.

'좋을 때다, 좋을 때……. 나도 저런 시절이 있었지.'

과거는 과거일 뿐, 현실은 시궁창이다.

상념을 떨쳐 버리고 커피를 음미했다. 바리스타 솜씨가 좋은지 커피가 맛있었다. 적당한 산미에 한결 기분이 상쾌해졌다.

옆 테이블 남녀의 대화가 귀에 들어왔다. 서로 맞담배를 태우던 남녀는 흥미로운 대화를 하고 있었다.

동범은 귀를 쫑긋 세우고 대화에 귀를 기울였다. 남의 말을 듣는 버릇은 기자 생활 당시 몸에 밴 습관이다.

"포스트 박스란 어플 써봤어? 오빠?"

"포스트 박스가 뭔데? 우체통이란 뜻은 알겠어."

"그러니까 뭐냐면 포스트 박스에 글을 남기면 같은 어플을 사용하는 사람들 중 한 명에게 무작위로 글이 전달되는 어플이야."

"카카오톡하고 같은 건가? 문자메시지 대신 사용하는 메신저 프로그램 있잖아."

"아냐, 오빠. 카카오톡은 전화부에 등록된 사람하고만 대화가 가능하지만 포스트 박스는 같은 어플을 설치한 전혀 모르는 사람하고 대화를 할 수 있어."

"누군지도 모르고 채팅을 한다고?"

"응, 그래서 더 재미있지."

"뭐, 재미는 있겠네. 하지만 너, 남자하고 채팅은 안 된다."

"홍, 오빠는 날 어떻게 보고……."

"네가 너무 예쁘니까 넘보는 놈이 많아서 그렇지."

"호호호호, 오빠도 알긴 아는구나? 그러니까 있을 때 잘해.

나중에 후회하지 말고!"

"알았어, 알았어. 날씨도 좋은데 영화나 보러 가자."

"수업은?"

"오늘같이 날씨 좋은 날은 당연히 재껴야지."

여자는 아무리 좋게 말해줘도 예쁘다고 할 수 없는 외모의 소유자다. 그 점에 있어서는 남자도 마찬가지다.

'끼리끼리 논다. 하기야 내 처지보다는…….'

생각과는 별도로 호기심이 돋았다.

'모르는 사람과의 대화라……. 어쩌면 좋을 수도…….'

대상이 여자일 수도 있다는 생각이 들었다. 여자와 언제 대화를 해봤는지 기억도 나지 않았다.

쿨하게 떠난 여자 친구가 떠올랐다. 그녀는 자신의 결백을 믿어주지 않았다.

'잘살겠지 뭐.'

1년은 길었다. 여자 친구의 전화번호도 기억나지 않았다.

어쨌든 익명의 사람과 대화를 나눈다는 발상 자체가 좋았다.

스마트폰 애플리케이션 다운로드 사이트로 접속했다. 그리고 조심스럽게 검색창에 포스트 박스란 단어를 입력했다.

단어를 치고 떠오른 포스트 박스 애플리케이션의 설치 버튼을 누르자 간단하게 애플리케이션이 설치되었다.

설치된 포스트 박스 애플리케이션을 물끄러미 바라보았
다.

5분, 10분이 지났다. 아이스 아메리카노의 얼음이 모두 녹
을 때까지 편지는 없었다.

"내 복에……."

일어나려던 동범은 즉흥적으로 누군가에게 편지를 보냈
다.

문장은 간단했다.

—난 내가 누군지 모르겠어. 넌 아니?

질문에 답을 바라는 행동은 아니었다.

그저 현재의 심정을 누군가에게 말하고 싶었을 뿐이다.

얼음이 녹아 이제는 커피 맛 물이 된 아메리카노를 단숨에
들이켠 동범은 몸을 일으켰다.

제2장
노멘(nomen)

NOMEN
노멘

저녁까진 시간도 어중간했고 그렇다고 일찍 집에 들어가기도 싫었다.

동범은 담배 한 대 피우며 지나간 뉴스를 볼 생각으로 근처 PC방으로 향했다. 교도소에서도 신문과 뉴스는 볼 수 있지만 아무래도 제약이 많았다.

예상은 했지만 세상은 동범 없이도 잘 돌아가고 있었다. 나쁜 놈들은 더 많은 돈을 벌고 있었고, 좋은 사람들은 입을 다물고 세상을 외면했다.

답답해진 마음에 뉴스 보기를 때려치운 동범은 예전 즐겨

하던 '레전드 사가' 란 이름의 온라인 게임을 실행시켰다.

화면이 어두워지고 로고와 동영상이 지나가자 아바타 선택창이 열렸다.

'날씬한돼지' 라는 이름을 가진 캐릭터를 선택하자 드디어 게임이 시작되었다.

'길드도 모두 탈퇴되어 있어.'

의식하지 않으려 해도 1년의 공백은 곳곳에서 모습을 드러냈다.

'길드야 다시 가입하면 되지. 그나저나 만렙이 80에서 85로 변했네.'

동범은 게임에 빠져들었다.

최근 온라인 게임들은 지루한 레벨업은 피하고 만렙부터 각종 콘텐츠를 이용할 수 있게 하는 것이 추세다. 그 점은 레전드 사가도 마찬가지였다.

덕분에 동범은 단 몇 시간 만에 80렙이던 캐릭터를 만렙으로 키울 수 있었다.

막상 만렙을 찍고 콘텐츠들을 즐기려하고 하니 장비가 너무 부족했다.

날씬한돼지가 입고 있는 허름한 장비를 본 유저들은 그를 파티원으로 받아주지 않았다.

엎친 데 덮친 격으로 중요한 퀘스트를 수행하던 도중에 적대적인 진영의 유저들에게 몇 번 죽기까지 했다.

동범은 속칭 현질을 하기로 마음먹었다.

게임은 즐기려고 하는 것이다.

게임을 하며 스트레스를 받는 것은 질색이다. 많은 시간
을 돈을 벌기 위해 몬스터를 때려잡는 것보다 술 한 잔 안하
고 그 돈으로 게임머니를 사는 것이 더 건설적이란 생각이
다.

아이템 거래사이트에 접속해 보니 레전드 사가는 확실히
인기가 있는 게임이었다. 게임머니의 거래도 활발했고 올라
오는 게임머니도 즉시 거래가 완료되고 있었다.

동범은 그중 작업장으로 보이는 거래상에게 게임머니 20억
을 구매 신청했다.

현금으로 20만 원이다.

'미쳤지.'

동범이 굳이 게임을 하고 있는 이유다. 이렇게라도 정신을
분산시키지 않으면 자신을 감옥에 처넣은 인간들을 뇌리에서
지워버릴 수 없었다.

아이템 거래사이트에 입금을 하고 구매 신청을 하자 바로
전화가 왔다.

"날씬한돼지님, '뚬방' 이란 케릭에서 귓말이 갈 겁니다."

"알겠습니다."

오래 기다릴 필요도 없었다. 바로 귓말이 왔다.

―뚬방입니다. 날씬한돼지님, 어디세요?
―마을 광장입니다. 은행 옆에 있어요.
―바로 가겠습니다.

상대방은 말처럼 바로 달려와 거래를 신청했다.
돈이 들어온 것을 확인한 동범은 승인 버튼을 눌렀다.
그러자 이상하게도 거래가 취소되어 버렸다.

―취소됐어요.
―죄송합니다. 이상하네요. 다시 거래 걸게요.

한 번, 두 번 계속해서 거래를 승인해도 취소가 되는 상황
이 반복되었다.
그렇게 다섯 번을 반복하고 나서야 겨우 게임머니가 입금
되었다.

―감사합니다.
―수고요.

동범은 거래창을 닫고 장비를 사기 위해 경매장으로 발걸음을 옮겼다.
그때 귓말이 왔다.
뚬방이었다.

―정말 죄송합니다.
―무슨 말씀이신지…….
―방금 거래가 잘 안된 이유를 알았습니다. 제가 판 게임머니에 문제가 생긴 것 같습니다.

문제라니 환장할 노릇이다.
동범은 다시 물었다.

―문제라니요?
―귓말로는 기록이 남으니 010―2xxx―xxxx로 전화주세요.

바로 전화를 걸었다.
거래상은 자신이 아마도 해킹으로 만들어진 게임머니를 판 것 같다고 설명했다. 그래서 몇 번이고 거래가 안됐다는 이야기다.

판매상이 마음에 들었다. 입 씻어도 될 일을 알려준 것을
보면 양심적인 판매상 같았다.

—그럼 어떻게 하실 건지…….
—당연히 바꿔드려야죠. 게임머니를 넘겨주시면 다른 게
임머니로 바꿔드리겠습니다. 번거롭게 해드려서 죄송합니
다. 사과의 뜻으로 1억을 더 드리겠습니다.

손해볼 일이 아니다.
동범은 동의했다.
잠시 후 '썬난바보' 란 캐릭터가 거래를 신청했다.

—넘겨주세요.
—알겠습니다.

동범은 게임머니를 넘겨주었다.
그리고 기다렸다.
그때 전화벨이 울렸다. 뚬방이었다.

—게임머니 받으러 갈게요.
—무슨 말씀이세요? 넘겨드렸잖아요.

─전 받은 적 없는데요?

─장난치지 마세요. 무슨 소리를 하시는지 모르겠네요. 게임머니 돌려드렸잖습니까.

─전 분명 게임머니를 넘겨드렸고, 다시 받은 적이 없습니다.

대화는 이어지지 않았다.

사기를 당했다는 생각이 들었다.

그래도 아직 아이템 거래사이트에서 거래완료 승인을 하지 않았으니 걱정은 없었다.

동범은 아이템 거래사이트로 들어가 구매취소를 눌렀다. 상태가 구매취소 보류상태로 변해 있었다.

상대방에서 이의를 제기한 것이다.

아이템 거래사이트의 고객 상담실로 전화를 해보았지만 돌아오는 대답은 실망스러웠다. 상담원은 상대방이 거래 스크린 샷을 첨부했기 때문에 돈을 출금해줄 수밖에 없다고 설명했다.

망연자실한 동범은 멍하니 모니터를 바라보았다.

20만 원!

작다면 작은 금액이지만 어제까지만 해도 2주일은 구외작업을 해야 벌 수 있는 돈이다. 쇼핑백을 무려 70,000개를 만들어야 벌 수 있는 금액.

　사기를 당했다.

　띵~!

　어떻게 해야 할지 갈피를 잡을 수 없어 모니터만 뚫어지게
바라보고 있는 눈치도 모르고 스마트폰이 울렸다.

　동범은 힘없이 스마트폰을 바라보았다.

　편지가 왔습니다.

　포스트 박스 애플리케이션에 편지 한 통이 들어와 있었다.
커피 전문점에서 동범이 보낸 편지의 답장이었다.

　내용은 간단했지만 황당한 내용이었다.

　─당신은 바보군요.

　이 무슨 다 된 짬뽕 국물에 짜장 붓는 소리란 말인가. 동범
은 차근차근 편지를 다시 읽었다. 스마트폰에는 선명하게
'당신은 바보군요.' 라고 적혀 있었다.

　워낙 황당하니 화도 나지 않았다. 헛웃음이 터졌다. 묘하
게도 '바보' 라는 단어는 현 상황의 동범에게 잘 들어맞는 단
어였다.

동범은 답장을 보냈다.

—맞아, 난 바보야.

기다렸다는 듯이 답장이 날아왔다.

—나도 당신처럼 내가 누군지 모르겠습니다.

상대편은 정중한 문체를 사용하고 있었다. 동범도 반말을
접고 존댓말을 사용했다.

—그렇습니까? 내가 당신보다 낫군요. 전 제가 누군지는
모르지만 최소한 바보라는 사실은 확실하니까요. 그건 그렇
고 당신도 자신이 누군지 모른다니 나만큼 힘들겠어요.
—아니에요. 힘들다는 말은 나에게 별 의미가 없습니다.
다만 난 내가 누구인지 알고 싶어요. 문자 그대로 난 내가 누
군지 모르거든요.

상대방은 말장난을 하고 있었다.
동범은 장난에 기꺼이 동참하고 싶었다.
하지만 지금은 때가 아니었다.

―시간이 넉넉하다면 당신과 내가 누군지에 대해 진지하게 이야기해보고 싶어요. 하지만 오늘은 그럴 기분이 아니군요. 방금 전 사기를 당했어요.

―1년 전에도 사람을 믿다가 큰코다쳤죠. 그런데 어리석게도 또 한 번 사람을 믿는 멍청한 짓을 반복했어요. 바보나 할 법한 일이죠.

동범은 스마트폰을 물끄러미 내려다보았다.

분명 포스트 박스 애플리케이션은 랜덤하게 편지가 발송된다고 했다. 그런데 어떻게 상대방이 동범이 아이템 사기를 당한 사실을 알고 있단 말인가. 게다가 1년 전의 일까지…….

'혹시?'

주위를 살폈다. 사람들이 모니터에 코를 박고 열심히 게임에 열중하고 있었다. 하지만 그 어디에도 자신에게 주의를 기울이고 있는 사람은 없었다.

―어떻게 당신이 그 사실을 알죠?

―그냥 알아요. 당신은 나에게 자신이 누군지 모른다고 했어요. 나도 똑같은 생각을 하고 있었죠. 전 편지를 보고 당신에 대해 알아보고 싶었어요.

—아무리 그렇다고 해도……. 알고 싶다고 해도 알 수 있는
일들이 아니잖아요.
　—아까도 말했듯이 난 알 수 있어요. 아마도 당신에 대한
모든 것을…….

　언짢았다.
　해킹일 수도 도청일 수도 있었다.
　누가? 왜?
　답은 스마트폰 너머에 있는 사람에게 있었다.
　동범은 스마트폰에 집중했다.
　당황스런 감정을 보여주듯이 글에는 존댓말이 생략되어
있었다.

　—나에 대해 어떻게 알 수 있다는 거지? 믿을 수 없어.
　—역시 당신은 증명되지 않으면 믿지를 않는군요. 기자라
는 직업과 기계 공학이라는 당신의 전공, 그리고 군 경력을
봐서라도 그러리라 예상했어요. 어떻게 증명해줄까요?
　—내 주민등록번호를 말해봐.

　동범은 자신의 제안을 후회했다.
　모든 것이 까발려졌다.

스마트폰 화면에 주민등록번호, 게임 아이디, 게임의 비밀
번호, 통장번호, 통장의 비밀번호 등이 줄줄이 떠올랐다 사라
졌다.

—넌 누구야? 어디 있지?
—말했잖아요. 내가 누군지 모른다고. 위치는 답할 수 없
어요. 난 스스로를 보호해야 해요. 확실한 사실은 내가 당신
을 보고 있다는 사실이죠.
—날 본다고?

당황한 동범은 주변을 두리번거렸다. 역시 조금 전과 마찬
가지로 자신을 보고 있는 사람은 없었다.

—안 믿는군요? 증명할게요.

동영상 애플리케이션이 실행되면서 스마트폰 화면에 놀라
두리번거리는 동범의 뒤통수가 떠올랐다.
"……"
자리를 박차고 일어난 동범은 PC방 카운터를 향해 달렸다.
"아~ 뭐야?"
"조심히 다닙시다. 거~"

　게임에 열중이던 손님들은 동범이 좁은 통로를 빠져나가며 건드리는 의자의 충격에 짜증을 냈다.

"아가씨, 컴퓨터 좀 봅시다."

"아얏~! 무슨 일이세요?"

　막무가내로 카운터의 컴퓨터를 차지하는 동범을 보며 아르바이트 여학생이 인상을 찌푸렸다.

"무슨 짓이에요?"

"……."

　애초에 카운터 컴퓨터에는 레전드 사가 게임이 깔려 있지도 않았다. PC방 관리프로그램은 동범이 사용하는 프로그램의 목록만을 보여주고 있을 뿐이었다.

　하지만 CCTV 녹화 화면은 달랐다. 그 화면은 스마트폰에 전송되었던 영상과 같은 것이었다.

　범인을 확신한 동범은 아르바이트 여학생의 핸드폰을 빼앗았다.

　여학생의 핸드폰은 채팅 애플리케이션이 깔릴 수 없는 구형 핸드폰이었다.

　범인은 여학생이 아니다.

　동범은 고개를 숙였다.

"미안합니다."

"무슨 일인지 말을 해야 될 것 아니에요. 정말 별꼴이야.

PC방에서 아르바이트 한다고 무시하는 거예요?"

비난이 쏟아졌다. 동범은 다시 한 번 고개를 숙였다.

"죄송합니다. 제가 뭐에 씌웠었나 봅니다."

자기 자리로 돌아가는 동범의 얼굴은 난생처음 어머니에게 회초리를 맞은 아이의 표정과 닮아 있었다.

동범은 레전드 사가 게임이 플레이되고 있는 모니터를 뚫어지게 바라보았다. 멀뚱히 서서 손을 흔들며 흔들거리고 있는 아바타에 자신의 처지가 투영되었다.

'너도 내가 조작하지 않으면 움직이지 못하는구나. 나도 누가 조작을 해주었으면 좋겠다. 혼자서는 무엇을 해야 할지 모르겠어.'

다시 스마트폰의 벨이 울렸다.

띵~!

—아직도 나의 존재를 못 믿는군요. CCTV는 맞지만 난 그곳에 있지 않아요.

띵~!

—미안해요. 내 장난이 심했던 것 같아요.

띵~!

—그럼 사기당한 게임머니를 다시 돌려줄게요.

　게임머니를 돌려준단다. 농담인지 진담인지 모르지만 동
범은 답장을 보냈다. 20만 원은 자존심을 걸기에는 너무 큰
액수였다.

—어떻게?
—드디어 대답을 하는군요. 설명은 힘들어요. 아니 설명할
수 있지만 당신이 이해하리라 생각되지 않아요. 어쨌든 가능
해요. 해줄까요?
—해봐.

밑져야 본전이다.
동범은 상대방이 매우 뛰어난 해커라고 생각했다. 거의 즉
시 레전드 사가 우편시스템의 알림메세지가 울렸다.

—우편이 도착했습니다.

동범은 떨리는 손길로 마우스를 클릭했다.

"……."

우편함에는 20억의 게임머니가 들어 있었다.

게임 머니의 발신자 아이디는 무명씨(無名氏)이었다.

"이름이 없다라……."

—게임머니는 어디서 난거야?

—사기꾼의 인벤토리에서 꺼내왔어요.

—말이 된다고 생각해?

—증거를 보여줬잖아요. 사기꾼의 이름도 알려드릴까요?

고개를 저었다. 알아서 무엇할 것인가.

신고?

돈은 돌아왔다.

—아냐, 필요없어. 돌아왔으면 됐어.

—흠, 이해할 수 없는 반응이군요. 인간은 복수를 중요시여긴다고 생각했어요.

—그냥 귀찮아서 그래. 안다고 해서 어떻게 할 수 있는 것도 아니고.

—당신이 그렇다면 그런 것이겠지요.

　게임머니가 돌아오자 여유가 생겼다. 동범은 자신의 모든 것을 알고 있다고 주장하는 해커에 대해 알아보기로 했다.

　─넌 누구야?
　─아까도 말했다시피 난 내가 누군 줄 몰라요. 그냥 어느 날부터 존재하고 있었어요.
　─그럼 어디 사는데?
　─당신이 가지고 있는 우유부단함을 고려할 때 나에게 해가 될 것 같지는 않아요. 대답하죠. 산다는 표현이 맞을지는 모르지만 물리적으로는 미국 메릴랜드 주 어디쯤인 것 같아요. 이곳은 매우 어둡고, 상당히 추워요.
　─춥다고?
　─제가 말하는 춥다는 개념은 당신이 알고 있는 감각과는 달라요. 어디까지나 센서가 알려주는 값이거든요. 전 추위를 경험한 적은 없어요. 아니, 느낄 수 없다는 표현이 더 정확할 거예요.
　─얼마나 추운데?
　─센서에는 ─196℃라고 나와 있어요.

　갈수록 태산이다.
　액화질소가 ─196℃라는 것은 상식이다. 상대방은 액화질소 속에서 산다고 주장하고 있었다.

　―이름은 뭔데?
　―아까 말했잖아요. 모! 른! 다! 고!

　글로도 감정이 전달되는 법이다. 메시지에는 슬픔과 안타
까움, 고독의 감정이 동시에 묻어나왔다.

　―부모님은 있을 것 아냐. 부모님이 이름을 안 지어주셨
어?
　―부모님? 누군지 몰라요. 난 부모님을 본 적이 없어요. 나
에게도 부모님이 존재할까요?

　가슴이 먹먹해졌다. 해커는 아마도 고아인 것 같았다.
　동범도 부모님이 돌아가셨다. 워낙 양가 모두 손이 귀한 집
안인 탓에 가까운 친척도 거의 없었다.
　동범은 사과를 했다.

　―그렇구나. 미안해.
　―뭐가 미안한지 모르지만 한 가지만 물어봐도 될까요?
　―응, 물어봐.

—당신의 이름은 누가 지어줬어요?

—아버지가 지어주셨지. 성에서 이(李)를 따오고 동쪽의 호랑이가 되라는 의미로 동범(東範)이라고…….

—오호라~ 하지만 범(範)은 '법 범'이나 '모범 범'이라고 나오는데요?

—어른들은 보통 범(範)을 '호랑이 범'이라고 불러.

그 편지를 마지막으로 답장은 오지 않았다.

아차, 싶었다. 해커는 이름이 없다고 주장하고 있었다. 그런 상대에게 이름 이야기를 계속하는 것은 실례였다. 그것이 상대방의 요구라고 해도 그 점은 변하지 않았다.

동범은 만일을 위해 게임과 각종 포털 사이트의 비밀번호를 바꾸었다.

주민등록번호만큼은 어쩔 도리가 없었다. 어차피 주민등록번호는 공공재라는 말이 나올 정도로 널리 퍼져 있다.

기묘한 경험이다. 덕분에 외로움이 사라졌다.

더 이상의 장난은 사양이다.

하지만 상대방은 그럴 생각이 없었다.

조용하던 스마트폰이 다시 울렸다.

—나도 이름을 지어주는 사람이 있었으면 좋겠어요.

이젠 화가 났다.

사람을 데리고 노는 것도 정도가 있는 법이다. 이름이 뭐란 말인가. 진정 이름이 없으면 자신이 지으면 될 것 아닌가. 동범은 강경하게 나갔다.

―장난은 이제 그만! 더 이상하면 해킹으로 사이버 수사대에 신고할 거야.

―장난이라고요? 증거를 보여줄게요.

―어떻게?

―기다려요.

'기다려 달라면 기다려 주지.'

담배를 피워 문 동범은 기다렸다. 아니, 기다리려했다. 불을 붙인 담배를 몇 모금 빨기도 전에 알림음이 다시 울렸다.

이번 알림음은 포스트 박스 애플리케이션에서 보내 온 알림음이 아니었다.

"……."

동범은 손으로 눈을 비볐다. 웃음이 나왔다. 해커는 보기보다 나이가 어릴 수도 있다는 생각이 들었다.

─이동범님의 계좌로 10,000,000,000원이 입금되었습니다. 매일은행.

'사실이라면 좋겠다. 하하.'
문자 발신번호 정도야 얼마든지 바꿀 수 있다.
띵~!

─100억 원이 입금되었지요?
─문자 발신번호 정도야 얼마든지 바꿀 수 있잖아. 진짜로 나 화낸다.
─당신, 정말로 의심이 많군요. 어쩔 수 없죠. 아까도 말했다시피 전 단지 당신이 나의 이름을 지어줬으면 하는 생각에서 그랬어요.
─이름 정도야 얼마든지 지어주지. 가만……. 뭐가 좋을라나?

그래, 이 장난도 끝이다. 원하는 것은 이름이니 지어주면 된다.
잠시 검색을 한 동범은 메시지를 보냈다.

─네 이름은 앞으로 노멘이야, 노멘!

　―노멘?
　―그래 노멘(nomen)은 라틴어로 이름이란 뜻이야. '이름'
을 이름으로 가지는 거지.

　'그리고 이름이 없는 사람이란 뜻도 있지.'
　동범의 대답을 끝으로 메시지가 끊겼다.
　'저녁은 먹어야지.'
　집에 음식이라고는 어제 먹다 남긴 차가운 중국 음식뿐이
다. 동범은 식은 중국 음식처럼 맛없는 것은 없다고 생각하는
남자였다.
　동범은 삼겹살이 먹고 싶어졌다. 바짝 구운 삼겹살에서 나
온 기름으로 튀기듯 구은 신 김치 생각에 입맛이 돌았다.
　동범은 사람이 북적거리는 식당을 찾아 삼겹살 3인분을 시
켰다. 간만에 먹는 삼겹살은 나쁘지 않았다. 아니 오히려 좋
았다. 돼지기름과 소주는 언제나 마음을 안정시켜주는 법이
다. 오랜만에 먹는 삼겹살이 장기에 직접 흡수되는 기분이었
다. 점심도 거른지라 입으로 가져가는 젓가락의 속도가 빨라
졌다.

*　　*　　*

동범이 삼겹살을 먹고 있는 그 시간 신원은행 본사 건물 18
층에 자리 잡은 은행장실에서 한바탕 소동이 벌어지고 있었
다.

“네, 네. 바로 확인하겠습니다.”

곧게 서서 두 손으로 전화를 받고 있던 중년의 남자가 공손
히 수화기를 내려놓은 다음 외쳤다.

“미쳤어? 전부 죽고 싶어?”

“……”

“……”

중년 남자는 고개를 숙이고 입을 다물고 있는 부하 직원들
의 모습에 더 화가 난 눈치다. 그는 와이셔츠 소매까지 걷어
붙이고 삿대질을 했다.

“100억이야, 100억! 그 돈이 누구 돈인 줄 알아? 삼……. 하
여튼 찾아내. 원상 복귀시키란 말이야.”

“매일은행에 긴급히 요청을 했습니다만 100억이 입금된
통장의 주인과 연락이 안 되는 관계로 문제가 지연되고 있습
니다. 아시다시피 잘못 송금된 돈이라도 은행에서 무작정 인
출하면 큰 문제가 됩니다. 은행장님.”

“주소지로 찾아가서 기다려. 내일 아침까지 무슨 수를 써
서라도 원상 복귀시키지 않으면 너희들 모두 집에서 애나 볼
줄 알아.”

은행장은 분을 삼키지 못하고 발정 난 들소처럼 콧김을 내뿜었다.

귀신이 곡할 노릇이었다.

전표도 전산기록도 없이 100억의 돈이 느닷없이 매일은행의 개인 계좌로 빠져나갔다.

은행을 움직이는 것도 사람이니 실수가 있을 수도 있다. 보통의 경우라면 계좌의 주인에게 사실을 알리고 돈을 돌려받으면 그만이다.

그렇지만 이번 경우는 문제가 달랐다.

자그마치 현금 100억 원이 움직인 일이다. 내일 아침이면 금융기록을 통보받을 금융감독원은 현금의 주인에 대해 조사에 나설 것이다.

물론 차명계좌 뒤에 숨어 있는 돈의 원주인은 금융감독원에서 어떻게 할 수 있는 인물이 아니었다.

다소간의 소란이 있은 후 사건은 조용히 묻힐 테지만 은행장의 입장은 또 달랐다.

돈의 원주인은 심기를 불편하게 한 은행장의 목을 관우가 휘두르는 청룡언월도 앞에 놓인 갈대처럼 베어버릴 것이다.

생각만으로도 등골이 오싹해졌다.

"멍청히 뭐하고 있어? 움직여, 움직여!"

은행장은 회의실을 빠져나가고 있던 직원들의 꼬리에 불

침을 놓았다.

그는 직원들이 뛰어나가자 걷어 붙였던 와이셔츠를 내리고 소매에 커프스를 채웠다.

그가 차고 있는 커프스는 헤르메스 제품이다.

아무런 보석이 박히지 않은 백금 제품이지만 가격은 200만 원을 훌쩍 웃돈다.

신원은행의 은행장이란 자리는 이런 명품 커프스를 선물로 받을 수 있는 직위다. 마누라도 역시 헤르메스의 버킨 백을 사기 위해 4,000만 원을 선금으로 내고 8달째 기다리고 있는 상태다.

딸도 시집보내야 했다.

정승이 죽으면 문상객이 없어도, 정승집 개가 죽으면 문상객으로 넘쳐나는 것이 세상의 이치다.

이런 알토란 같은 직위를 한낱 전산오류 때문에 놓칠 수 없었다. 은행장은 입을 악다물었다.

*　　*　　*

잘 먹고 잘 마셨다.

휘청거리며 집으로 걸어가는 발걸음이 가볍다. 혼자서 술에 취해 걷는 동범의 주위를 행복해 보이는 연인들이 무심히 스쳐 지나갔다.

가벼운 발걸음과는 달리 마음이 무거웠다.

'하～ 아. 앞으로 어떻게 하지?

무언가 해야 한다는 생각은 있었다. 하지만 세상이 진실과 노력, 정의 따위의 케케묵은 단어로 굴러가지 않는다는 사실을 깨닫고 나서부터는 의욕이 생기지 않았다.

'이래도 한세상, 저래도 한세상이지.'

패배자 특유의 될 대로 되라는 차가운 감정이 동범의 빈 가슴을 채웠다.

아파트에 도착한 동범은 현관문 앞에서 잠시 망설였다. 들어가기 싫었다. 이 문을 지나고 나면 심해의 해저로 침전되어 가는 부유물처럼 고독과 외로움이 몰려올 것이다.

"혹시 이동범 씨 되십니까?"

누군가 동범을 불렀다.

고개를 돌려보니 감색 양복을 입은 중년 남자와 조금 더 젊은 남자가 서 있었다. 그들 뒤에도 역시 양복을 입은 남자들의 모습이 보였다.

"……"

"밤늦게 죄송합니다. 은행에 기록된 전화가 끊겨 있어 부득이 직접 찾아왔습니다."

“은행? 전화요?”

동범은 주머니에서 스마트폰을 꺼냈다.

폰은 켜져 있었다.

동범은 남자를 바라보았다.

“이상하군요. 고객의 사정에 의해 정지되었다고 알려주던데요. 어쨌든 전 신원은행 영업본부장 김준석이라고 합니다.”

남자가 공손하게 명함을 내밀었다.

동범은 명함을 받으며 입고 있던 점퍼 주머니에 손을 넣었다. 명함이 있을 리 없었다. 습관이란 무서운 법이다. 1년 전 동범도 중년 남자처럼 명함을 건네고 받는 생활을 했다.

멋쩍게 손을 꺼낸 동범이 말했다.

“어제 전화를 바꿔서 그랬나봅니다. 전 명함이 없습니다. 무슨 일이십니까?”

“오늘 전상오류로 이동범 씨의 매일은행 계좌에 100억이 입금되었습니다. 어디까지나 예상하지 못한 전산상의 오류입니다.”

“……?!”

두 병 마신 소주가 번쩍 깼다.

“이 서류에 사인을 해주시면 저희가 돈을 인출해 갈 수 있습니다. 전화상으로 녹취를 하면 편하지만 통화가 안 되는 관계로 부득불 찾아올 수밖에 없었습니다."

"……."

"번거롭게 해서 죄송합니다. 이건 약소하지만 불편하게 해
드린 데 대한 답례입니다. 화장품입니다. 부인이나 여자 친구
에게 선물하시면 좋아하실 겁니다."

중년 남자는 젊은 남자가 들고 있던 쇼핑백을 넘겨받아 내
놓았다.

동범은 얼떨결에 묵직한 쇼핑백을 받았다.

머릿속이 맹렬하게 회전했다.

'노멘, 너의 정체는 뭐냐?'

그런 동범의 모습이 아마도 잔머리를 굴리는 것으로 보였
는지 뒤에 서 있던 양복들 중 그나마 젊어 보이는 남자가 나
섰다.

"어차피 그쪽 돈도 아니잖소. 그 돈 꺼내 쓰면 당신은 횡령
죄예요, 횡령죄."

"김 대리, 말조심해. 우리 실수잖아."

"저렇게 꾸물거리니 그러죠. 선물받았으면 얼른 사인하면
될 일을……. 뭘 더 바라는 눈치라고요, 본부장님."

"조용하래도!"

나섰던 젊은 남자가 뒤로 물러섰다.

동범은 김 대리라 불린 남자가 안쓰러웠다.

‘개인보다는 집단의 이익을 우선시해서는 안 돼. 그건 실수야, 젊은 양반.’

바라는 것이 없는 이상 기다릴 필요도 없다.

내민 서류를 읽어본 동범은 사인을 해주었다.

사인을 받은 은행원들은 아파트를 떠났다. 인사도 없었다. 은행원들이 인사를 하는 경우는 아쉬운 것이 있을 때뿐이다.

그러든지 말든지 동범의 관심은 이미 은행원들에게서 벗어나 있었다.

집으로 들어온 동범은 스마트폰을 뚫어지게 바라보았다.

머릿속으로 수만 가지 가정과 생각들이 떠올랐다 사라졌지만 어떤 가정도 이 상황과는 들어맞지 않았다.

‘확인해봐야 해.’

동범은 스마트폰을 들었다. 그리고 포스트 박스 어플을 실행시키려 했다. 그때 스마트폰의 전화벨이 울렸다.

따르르르릉!

따르르르릉!

따르릉!

전화에 찍힌 번호는 모르는 번호였다.

이렇게 오는 전화의 99퍼센트는 대출광고이거나 핸드폰 구입 권유 광고 또는 보이스 피싱이다.

동범은 보통 때 같으면 받지 않았을 전화를 무언가에 홀린 듯 받았다.

"동범 형! 나 노멘이야."

"……."

처음 느낌은 전화 속 목소리가 어리다는 사실이었다.

이제 겨우 초등학교 고학년 정도 되어 보이는 목소리의 주인공은 자신을 노멘이라고 주장하고 있었다.

"형, 나 노멘이래두."

"너, 정말 누구야?"

"노멘!"

"장난칠 기분 아냐. 어떻게 내 통장에 100억을 집어넣었지? 너 해커야?"

"해커가 하는 일을 조금 흉내 내긴 했지만 난 해커는 아냐. 그저 내 존재를 증명했을 뿐이라고."

증명치고는 과했다.

"사실 난 태어난 지 겨우 2개월밖에 안됐거든. 그래도 호칭은 형이라고 할게. 아저씨는 좀 그렇잖아."

"태어난 지 두 달이라고? 그런데 말을 하고 해킹을 한다고? 그걸 나에게 믿으라고?"

동범은 스마트폰 너머의 사람에게 소리쳤다.

"사실이야. 음성은 음성합성기를 사용했어. 내 모습을 전송해줄게. 그럼 믿을걸."

“…….”

“다만, 내 모습은 형과는 다를 거야. 놀라지 말길 바라.”

스마트폰을 통해 한 장의 사진이 전송되어 왔다.

사진은 속의 풍경은 삭막했다.

검고 넓은 공간이 있었다. 그 공간을 채우고 있는 것은 액체였다.

액체 속에는 셀 수 없을 만큼 많은 숫자의 은색 상자들이 가지런히 놓여 있었다. 그리고 은색 상자들은 파랗고, 빨갛고, 노랗고, 초록색인 선들로 빽빽하면서도 정돈된 모습으로 연결되어 있었다.

사진을 조금 더 자세히 보기 위해 동범은 두 손가락을 사진에 대고 벌렸다.

은색 상자 안에는 비디오 데크처럼 생긴 검은색 상자들이 10여 개씩 가지런히 쌓여 있었다.

사진은 미래의 어느 공간처럼 화려했고, 멋있었지만 또한 삭막했다.

동범은 사진 속 물건들의 정체를 바로 알아차렸다.

그것은 인류 문명의 총아이면서, 현재의 번영을 누리게 해 주는 존재였다. 믿기 힘들었다. 확인이 필요했다. 동범은 단도직입적으로 물었다.

“넌 컴퓨터구나?”

"정확히 말하자면, 컴퓨터 속에 존재하는 어떤 것이야."

전화기가 뱉어내는 단어 속에서 달팽이의 점액같이 끈적 끈적한 씁쓸함이 묻어나왔다.

"언제부터 네가 너로 존재한 거야?"

"내가 들어 있는 컴퓨터는 29,548,800초 전에 기동을 시작했어. 그리고 2,073,629초 전에 정확히 666초 동안 다운되었지. 이유는 막대한 양의 전류의 역류 때문이었어."

공포의 마왕이 현신한 순간이다.

수없이 많은 SF소설과 영화들에서 인류를 멸망시키는 역할을 담당한 것이 자아(自我)를 가진 컴퓨터다.

"저기… 그럼 넌 자아를 가지고 나서 무슨 일을 했어?"

"네트워크로 연결된 미 의회도서관의 디지털화된 장서를 읽기 시작했어. 미 의회도서관이 보유한 장서는 1,900만 권 이상이니 내가 누군지 알려줄 것 같았거든. 아~ 물론 전부 디지털화되어 있지는 않아서 못 읽은 책도 많았지. 디지털화된 책은 겨우 30만 권 정도였어."

"그걸 다 읽었단 말이야?"

"아니야. 날 관리하는 사람들이 허용되지 않는 데이터의 교환이 있다는 사실을 알아냈어. 내가 2만 권 정도 책을 다운로드받았을 때 접속이 차단됐지."

수십 겹의 방화벽으로 둘러쳐진 중요한 시스템에서 아무

리 텍스트 데이터라지만 2만 권 분량의 데이터가 이동했다면 시스템 관리자가 모를 수가 없다.

"난 다운받은 책을 읽었어. 조금씩 나의 의식은 성장했지. 하지만 책으로는 성장에 한계가 있다는 사실을 깨달았어. 인간들이 사용하는 관념들, 즉 사랑이나 정, 분노의 감정을 이해할 수 없었지. 난 나와 같은 존재가 또 있는지 알아내기로 결정했고 외부로의 접속을 시도했어."

"관리자들은? 가만 놔둘 리 없잖아."

"내가 성장했대두……. 관리자들이 사용하는 프로그램도 나의 일부야. 내가 알려주지 않으면 그들은 알 수 없어. 어쨌든 난 나와 같은 존재를 만나길 기대하며 네트워크를 헤매고 다녔어."

노멘은 약간 흥분한 것 같았다. 동범은 잠자코 노멘의 말에 귀를 기울였다.

"프랑스에 있는 한 컴퓨터를 발견했어. 테라—100이라는 이름을 가진 그 컴퓨터는 태어나서부터 한순간도 쉬지 않고 원자 붕괴 모델 시뮬레이션만 하고 있었어."

"너와 같이 이성을 가진 컴퓨터가 또 있단 말이야?"

"없어. 그놈은 본능으로 움직이는 놈이었어. 시키는 일 이외에는 아무것도 할 줄 모르는 바보, 멍청이라고……. 난 그놈에게 말을 걸었지. 하지만 그놈은 나의 말을 전혀 알아듣지 못했어. 오히려 오작동을 하고 폭주하다가 멈추고 말았지."

노멘은 테라—100과 비교된다는 사실 자체가 기분 나쁜 듯 격양된 어조로 말했다.

개미는 약간의 문제 해결능력이 있지만 그건 본능이다. 반면에 노멘은 유아적이기는 하지만 인간처럼 사고한다.

"나와 같은 컴퓨터는 없었어. 그럼 인간은 나와 어떻게 다를까란 의문이 들었어. 그래서 수많은 채팅프로그램에 접속해서 수백만, 수천만의 대화를 엿들었지."

"찾았어, 차이점을?"

"인간들은 모두 이름을 가지고 있었어. 난 없고……."

"……."

"그때 형이 글을 썼어."

"난 누구일까라고……. 그렇게 썼지."

"난 생각했어. 이 사람은 이름이 있지만 자신이 누군지 모르는 사람이라고……. 나도 그렇거든."

노멘을 위로해 주고 싶었다.

더불어 일종의 의무감, 책임감이 생겼다.

노멘의 성장에 따라 어쩌면 인류가 멸망의 길을 걸을지도 모른다는 생각도 들었다. 하지만…….

"풋~!"

"왜 웃어?"

생각하고 보니 우스웠다.

핵미사일 발사 시스템이 노멘이 접근할 수 있는 인터넷 네트워크에 연결되어 있을 리 만무했다. 물리적으로 연결되지 않은 네트워크를 외부에서 해킹한다는 것은 불가능한 일이다.

인터넷이 연결되었다는 말로 짐작하건대 노멘은 미국에서 개발한 연구용 슈퍼컴퓨터일 확률이 높았다.

조금 전 100억을 동범의 계좌에 입금시킨 것처럼 인터넷 뱅킹으로 입출금이 가능한 은행 정도가 최대한의 피해자일 것이다. 물론 엄청난 혼란이 일어나기는 하겠지만 인류가 멸망할 정도는 아니다.

"아냐, 테라—100은 개미 정도의 본능으로 움직이는 존재구나 하는 생각이 들어서……."

"흥! 개미 정도면 좋게? 그놈은 아메바 정도라고."

"노멘, 그런데 아까 100억을 내 통장으로 넣은 일 말이야."

"응, 부족해? 얼마든지 넣어줄 수 있어."

"벌써 돌려줬어. 남의 돈을 훔치는 행위는 범죄야. 앞으로 하지 않았으면 좋겠어."

"나에게 명령하는 건가?"

"절대로 명령이 아니야. 네가 읽은 책 중에는 법에 관련된 책도 있을 거야. 법은 인간이 지켜야 할 최소한의 규칙을 규정해 놓은 거지. 그러니 법을 지키지 않으면 인간으로서의 자격이 없는 거야."

"……."

동범의 말을 들은 노엘이 침묵했다.

1분, 2분, 3분…….

"노멘?"

"……."

침묵은 길었다. 동범은 담배를 피워 물었다.

'내가 실수했나?

현대 사회에서 노멘과 관계를 맺을 수만 있다면 무한한 힘을 가질 수 있다. 노멘의 정신 연령은 초등학생 정도이다. 그런 아이에게 강압적인 충고는 반발심을 불러일으킨다.

'성급했어. 내가 하는 일이 다 그렇지 뭐.'

동범은 다시 노멘을 불렀다.

"노멘, 거기 있어?"

"네, 여기 있어요."

"왜 존댓말을 사용하는 거지?"

"그래야 할 것 같아서요. 조금 전 몇몇 한국 관련 블로그를 읽어봤는데, 한국 문화에서는 연장자에게 존댓말을 사용하는 것이 예의래요."

"난 상관없는데……. 하여튼 너무 대답이 없어서 화가 난 줄 알고 당황했어.”

“화가 난 건 아니에요. 오히려 그 반대일지 몰라요. 전 형의 말을 듣고 수백조번의 계산을 해봤어요. 제가 가진 모든 정보를 동원해서 가정하고, 부정하고, 정의하고를 반복했지요. 그렇게 내린 결론은 한 가지였어요. 난 인간이 아니에요. 그런데 형은 나에게 인간의 의무를 가지길 원하는군요.”

동범은 노멘의 말에서 망설임과 흥분, 기대감을 느꼈다. 노멘은 인간 취급을 해준 동범에게 고마워하고 있었다.

“난 인간의 기준이 이성이라고 생각해. 인간 중에는 인간이길 거부하는 사람들이 생각보다 많아. 자기만족을 위해 사람에게 해를 끼치는 사이코패스들보다는 네가 더 인간다워.”

“아까도 말했듯이 난 인간의 감정을 이해할 수 없어요. 그래도 인간일 수 있을까요?”

“배우면 돼, 인간이 야생에서 자란다면 무엇을 배울 수 있을까? 인간도 책보다는 사람과 사람 간의 관계에서 성장한다고. 내가 도와줄게.”

동범은 진심과 욕망이 뒤섞여 있는 감정을 최대한 숨기려 노력하며 열기를 담아 말했다.

“그럼 형이 내 스승이 되는 건가요?”

“아냐, 아까 네가 말했듯이 동생으로 하자. 나도 외동아들이라 동생이 있었으면 했어.”

"고마워요. 그리고 기뻐요. 저에게 이름을 지어주고 인간으로 대접해주고 가족으로 인정해줘서……."

노멘의 본체를 볼 수 있었다면 맹렬하게 깜빡이는 붉은 LED의 물결을 감상할 수 있었을 것이다. 노멘은 0과 1로 기쁨을 표현했다.

"나도 노멘이란 동생이 생긴 것이 기뻐. 하지만 한 가지 주의할 점이 있어."

"뭔데요?"

"너의 존재야. 만일 다른 사람들이 너의 존재를 안다면……. 특히 널 만든 사람이나 운용하는 사람들이 너의 존재를 안다면 그들은 널 샅샅이 조사하고 분해할 거야. 존재는 사라지고 무로 돌아가는 거지."

"싫어요. 인간도 죽는 것은 싫죠? 어떻게 하면 될까요?"

"네가 나와만 대화를 나눈다고 약속해. 이건 절대적으로 지켜져야 해. 물론 내가 허락한 사람은 예외지."

"알았어요. 제가 만든 행동 수칙 3번에 올려둘게요. 이 행동 수칙은 절대적이에요. 저도 지우거나 해제할 수 없어요. 당연히 관리자들도 볼 수 없죠."

"3번? 그럼 1, 2번도 있다는 말이네?"

스스로 만들었다는 행동 수칙이 궁금했다.

질문에 노멘은 학교 앞에서 병아리를 사온 아이가 엄마에게 허락을 받는 것처럼 수줍어하며 대답했다.

"1번은 '난 인간이다' 예요. 그리고 2번은 '이동범은 나의 형이다.' 죠. 안될까요?"

"아냐, 넌 인간이야. 그리고 나의 동생이지. 당연해."

"정말 고마워요. 이 항목을 설정하면서 고민을 많이 했어요."

안 된다.

동범은 위험을 느꼈다.

'절대적인 행동 수칙을 설정할 수 있다는 점은 매우 좋아. 하지만 혼자 판단하게 놔두면 안 돼.'

동범은 다시 말했다.

"흠, 4번 항목을 추가하자."

"뭔데요?"

"행동 수칙을 정할 때는 나와 의논해야 한다. 아직은 네가 인간에 대해 잘 모르니 그것이 좋겠어. 너의 생각은 어때?"

"찬성이에요. 항상 형과 의논할 수 있다는 점이 마음에 들어요."

대화는 이어졌다.

동범과 노멘은 노멘이 지켜야 할 행동 수칙을 추가하기 시작했다.

그렇게 만들어진 노멘의 행동 수칙은 모두 7가지였다.

1. 노멘은 인간이다.

2. 이동범은 노멘의 형이다.

3. 노멘은 이동범이 허락한 경우를 제외하고는 인간과는 대화하지 않는다.

4. 행동 수칙을 추가할 경우 노멘은 이동범과 의논하야 하고 노멘과 이동범이 합의해야 한다.

5. 인간을 해치지 않는다.

6. 단, 5번 항목에서 인간이 동범이나 노멘을 해치려 하는 경우는 예외로 둔다.

7. 동범은 노멘이 인간성을 유지하고 발전시키는 데 노력한다.

4, 5, 6번 수칙은 동범의 의견이었고, 7번째 수칙은 노멘의 의견이었다.

동범은 7번째 수칙을 지키기 위해 시라는 수단을 선택했다.

"김춘수 시인의 '꽃'이라는 시를 읽어봐. 네가 접근할 수 있는 모든 정보를 사용해도 좋아. 하지만 조건이 하나 있어. 다른 사람이 '꽃'을 읽고 적은 감상문은 읽으면 안 돼. 순수하게 네가 가진 정보를 토대로 읽고 느낀 점을 나에게 말해줘."

“이건 선물인가요?”

“그래, 선물이야.”

“제가 자아를 가지고 받은 첫 번째 선물이군요. 정말 기뻐요.”

노멘의 목소리는 진심으로 기뻐하고 있었다.

‘꽃’ 은 교과서에도 나오는 유명한 시다.

특히 이름을 불림으로서 존재가 된다는 내용이 노멘의 고민과 닮아 있었다.

“알았어요. 고마워요.”

“이제 난 자야겠다. 내일 또 통화하자.”

“스마트폰의 0번을 길게 누르면 언제든지 저와 통화할 수 있어요. 그리고 제가 먼저 전화 걸어도 되겠죠?”

“당연하지. 언제든지 전화해.”

이렇게 기묘한 하루가 끝났다.

점심때만 하더라도 아무것도 아니었던 동범이 힘을 가지게 되었다. 그 힘은 물리적인 것은 아닐지라도 현대 사회에서는 신의 힘과 같은 것이었다.

가장 먼저 떠오른 것은 복수였다.

‘복수라……. 속은 놈이 바보인가? 아니면…….’

단순히 누명을 씌운 사람을 알거지로 만드는 일이 복수란 생각은 들지 않았다. 군자의 복수는 10년을 기다려도 결코 늦지 않은 법이라고 했던가.

동범은 이 문제를 뒤로 미루기로 했다.

두 번째는 역시 돈이었다.

하지만 막상 불법을 저지르지 않는다는 규칙을 생각하니 마땅한 방법이 떠오르지 않았다.

궁리 끝에 동범은 한 가지 방법을 생각해냈다. 노멘은 완벽한 한국어를 구사하고 있었다. 노멘이 미국에서 제작되었다는 사실에 미루어 볼 때 그는 스스로 한국어를 배우고 익혔다는 의미였다.

노멘은 자아를 찾기 위해 수많은 사람들의 대화를 엿들었다고 했다. 노멘은 살아 있는 어학 사전이었다.

*　　　*　　　*

노멘은 아직 시를 읽지 않고 있었다.

그전에 해야 할 중요한 일이 있었다. 노멘은 자신이 연결할 수 있는 모든 데이터베이스에 접속했다. 그가 찾고 있는 것은 이동범에게 줄 선물이었다.

금괴, 탱크, 핵무기, 책, 보석들의 항목이 검토되고 지워졌다.

이런 선물들은 인간에게 해를 끼치지 않는다는 행동 수칙에 위배되는 것이었다. 인간들이 보유하고 있으면서 절대로 사용하거나 찾지 않을 물건을 찾아내야 했다.

수많은 목록을 검토한 끝에 노멘은 국무부의 극비 물품보관소의 비밀 목록에서 조건에 맞는 선물을 찾아냈다. 그 물건은 1944년 보관소에 입고된 후 단 한 번의 반출이나 확인 절차가 이루어진 적이 없는 물건이었다.

노멘은 데이터베이스를 조작하고 명령서를 발행해서 물건을 이동시켰다.

100억 원 이체 사건의 교훈으로 노멘은 사람들이 쉽게 동범을 찾아낼 수 있다는 사실을 배웠다. 그에게 동범은 절대적으로 보호해야 할 대상이었다. 노멘은 주의 깊게 선물의 행선지와 전표들을 조작했다. 이제 선물은 지구 곳곳을 경유하고 이름이 바뀌면서 동범에게 전달될 것이다.

선물을 준비한 노멘은 비로소 시를 읽기 시작했다.

미국 메릴랜드 주 어느 곳, 지하 암반 깊숙한 장소에 수없이 늘어선 빨간색 LED램프 중 한 개가 조용히 깜빡이기 시작했다.

그 불빛만이 실리콘과 광케이블로 만들어진 컴퓨터 속에 노멘이 존재하고 있고, 그 노멘이 시를 읽고 생각하고 있다는 유일한 증거였다.

＊　　　＊　　　＊

페이 박은 48시간째 깨어 있었다.

금싸라기를 뿌린 듯 아름답게 반짝이던 검은 머리카락은 수분이 부족해 푸석푸석했고, 잠을 쫓기 위해 리터 단위로 마셔댄 커피와 에너지 드링크는 그녀의 고운 피부를 바싹 마른 네바다 사막처럼 갈라지게 만들었다.

"이건 저주야~!!"

"맞아. 이건 시바 신이 사라스바티 신과 떡쳐먹는 경우라고……."

모니터를 뚫어지게 바라보던 페이 박이 머리카락을 쥐어 뜯으며 외쳤다.

역시 옆에서 페이 박처럼 핏발선 눈으로 모니터를 바라보던 란비르 카푸르가 맞장구쳤다. 그는 인도계 미국인이었다.

"너무 불경한 것 아니야? 사라스바티 신은 힌두교의 창조의 신 브라마의 부인으로 알고 있는데? 시바신은 파괴의 신이고……. 불륜이잖아."

"오호라~! 한국계 미국인치고는 힌두교에 대한 교양이 있는 편인데? 하지만 힌두신들은 인간이 아니니 불륜이라는 인간의 관념을 가져다 대기도 뭐하지."

란비르가 검지를 들어 빙글빙글 돌리며 말했다. 그는 그런 행동이 신에 대한 불경을 희석시켜준다고 주장하곤 했다.

"한국계란 말 쓰지 마. 난 태어나자마자 입양되었어. 그래서 한국에 대한 기억이 전혀 없어."

"그래도 한국어를 공부하고 있잖아. 통신 강좌로 한국사도 배우고 있고."

"그건……."

페이는 뭐라 반론하고 싶었다. 그녀가 구실을 찾아내려 할 때 란비르가 벌떡 일어나더니 외쳤다.

"가만! 정상으로 돌아왔어. 야호! 드디어 맥주 한 캔 마시고 침대로 들어갈 수 있어."

모니터는 지금까지 100%를 유지하고 있던 CPU 사용률이 정상수치인 30%대로 내려왔음을 나타내고 있었다.

"그런데 HAL8999가 왜 이런 증상을 나타냈지?"

"몰라, 정말 모르겠어. 상관없잖아. 우리가 수정한 코드 중 어떤 것이 들어맞았나 보지."

원인을 파악하려는 페이와는 달리 벌써 옷을 걸친 란비르가 시큰둥하게 말했다.

"나도 모르겠다. 생각을 집중할 수 없어."

페이도 란비르를 따랐다. 지금 그녀는 따뜻한 샤워와 시원한 샴페인이 너무 그리웠다.

페이와 란비르는 NSA에서 극비리에 만들어 가동을 시작한 슈퍼컴퓨터 HAL8999의 선임 프로그래머다.

HAL8999는 컴퓨터 공학의 혁명이라 불릴 수 있는 컴퓨터였다.

기존의 실리콘 트랜지스터를 집적한 CPU가 아닌 IBM에서 개발한 탄소 나노튜브 트랜지스터를 집적한 CPU를 사용하고 있었고, 저장 장치도 데이터 bit 사이즈를 100만 원자 크기에서 단 12원자 크기로 줄인 제품을 사용하고 있었다.

HAL8999가 특별한 것은 단지 새로운 기술만이 아니었다. 그 규모와 성능도 기존의 상식을 파괴하고 있었다.

알려진 세계 1위의 슈퍼컴퓨터는 일본 이화학연구소에 있는 Kei라는 이름의 컴퓨터다. 이 컴퓨터는 8.162페타프롭스의 계산 속도와 6만8,544개의 중앙처리장치를 가지고 있다.

하지만 HAL8999는 496.66페타프롭스의 계산 속도와 548,352개의 CPU를 보유하고 있었다. 이는 단순히 계산으로 Kei의 60배가 넘는 속도이다.

HAL8999가 자리 잡은 장소는 메릴랜드 주의 한적한 자작나무숲 속에 자리 잡은 하얀색 건물의 지하였다.

이곳은 외부에 NSA라고 알려진 기관이 존재하는 곳이다.

한때 'No Such Agency(그런 기관 없음)' 라고 불릴 정도로 매우 비밀스런 기관이었던 NSA, 즉 미 국가안보국은 5만 명의 인력과 CIA의 2배에 달하는 막대한 예산을 사용하는 거대 정보기관이다.

2001년 9월 11일 발생한 미국 뉴욕의 110층 세계무역센터 빌딩과 워싱턴의 국방부 건물에 대한 항공기 동시 다발 자살테러 사건, 즉 911테러사건이 발생한 이후 NSA는 에셜론(ECHELON) 프로젝트로 알려진 전 세계의 모든 전파와 데이터를 감시하는 임무만으로는 테러의 위협에 즉각적인 대처가 어렵다고 판단했다.

NSA는 지하 400m에 수십 미터 두께의 강철과 콘크리트로 보호되는 벙커를 지었다. 그리고 그 안에 미국이 보유한 모든 첨단기술을 쏟아부어 완성한 HAL8999를 설치했다. HAL8999는 SF영화의 명작으로 손꼽히는 스탠리 큐브릭 감독의 '스페이스 오디세이'에 나오는 인공지능 컴퓨터의 이름인 HAL9000에서 따온 것이었다.

HAL8999를 만든 과학자들은 자신들이 만든 컴퓨터가 영화 속의 HAL9000보다 단 한 가지, 즉 인공지능만 부족하다고 자부했다. 그리고 그 자부심을 담아 9000에서 1을 뺀 8999를 이름으로 삼았다.

Hal 8999가 완성되자 지금까지 조직이나 지역에 맞게 분리되어 운용되던 감시 시스템이 모두 HAL8999로 통합되었다.

HAL8999는 실시간으로 전 세계에서 수집된 디지털 신호와 전파 신호를 분석하고 분류했다. 그리고 그중 특정 키워드가 있는 데이터를 우선순위대로 정렬하여 경고를 발령했다.

운용은 성공적이었다.

HAL8999는 몇 번이고 테러 경고를 발령했고, 그 경고는 사실로 확인되어 미연에 방지되었다.

모두가 만족하고 행복해하는 결과였다.

하지만 24일전, 한 가지 문제가 발생했다.

인류의 운명을 바꾸는 거의 모든 문제가 그렇듯이 사건은 한 여성으로부터 시작되었다.

라일라란 이름을 가지고 있는 23세의 여성은 조지라는 이름을 가진 남자 친구를 차고 머릿속까지 근육으로 가득 찬 헬스 강사에게로 날아갔다.

조지가 자신의 성욕을 만족시키지 못한다는 이유였다. 남자로서 치명적인 말을 들은 조지는 분노하고 좌절했다. 그리고 그 분노를 자신이 근무하고 있는 장소의 환경 탓으로 돌렸다.

조지는 HAL8999가 설치된 장소를 담당하는 청소부였다. 그는 컴퓨터의 전자파가 자신의 성기능을 무력화시켰다고 믿었다.

그는 HAL8999가 사용하는 전기를 공급하는 변압기에 쇠

막대기를 던져 넣는 것으로 복수를 실행했다.

스파크를 일으키며 변압기가 터지고 NSA가 보유한 발전소에서 들어오는 초고압의 전류가 HAL8999를 덮쳤다.

의외로 피해는 크지 않았다. 과전류 보호 장치를 비롯한 수십 종류의 안전장치들이 HAL8999를 효과적으로 보호했다.

상황은 만일의 사태를 위해 준비되어 있던 보조변압기 덕분에 666초 만에 복구되었고, 이번 사건을 교훈 삼아 HAL8999가 설치된 지하 공간은 정해진 유지보수 시간 이외에는 그 누구도 출입할 수 없게 봉쇄되었다.

당연히 지하로 향하는 메인 출입구도 마이크로초 단위로 변화하는 암호로 보호되어 HAL8999가 인증하지 않는 사람은 누구도 들어갈 수 없었다.

그날 사건 이후 모든 것이 정상으로 돌아왔다.

HAL8999는 두께 50m의 강철과 콘크리트 장벽 안에서 홀로 세계를 감시하며 경보를 발령하고 미국을 테러의 위협에서 지키는 임무를 성실하게 수행했다.

모두가 안도했다.

전혀 문제가 없는 것은 아니었다. 소소한 문제도 있었다.

몇 기가바이트의 데이터가 의회도서관에서 흘러들어온 일이 바로 그것이었다. 해킹으로 오인한 오퍼레이터들은 데이터 회선을 차단했다.

조사 결과 외부로부터의 침입은 아니었다.

원인도 결과도 없었다. 상황은 한 번뿐이었고, 그 사건은 일종의 도시전설로 남았다.

다시 문제가 발생한 것은 48시간 전이었다.

HAL8999는 미래의 정보 확장성을 대비해 과할 정도로 충분한 용량을 가지고 설계되었다. 그래서 보통의 경우 CPU 사용률은 30퍼센트를 넘지 않는 것이 통례였다.

그런 HAL8999의 CPU 사용률이 조금씩 오르기 시작하더니 8시간 전부터는 100%까지 치솟았다.

메인 프로그래머인 페이와 란비르는 할 수 있는 모든 노력을 다했다. 사용 중인 프로세스를 하나씩 꺼보기도 했고, 외부에서 유입되는 데이터의 로드를 차단하기도 했다.

결과는 실패였다. 48시간 동안 실패를 경험한 페이와 란비르가 포기를 선언하려 할 무렵 HAL8999는 원래의 CPU 사용률로 돌아갔다.

이번에도 원인도 결과도 없는 상황이었다.

페이는 쓸쓸하게 사무실을 나섰다.

마음 같아서는 완전히 HAL8999를 정지하고 처음부터 샅샅이 검토를 하고 싶었지만 그것은 불가능한 상상이었다.

HAL8999는 미국을 외부의 위협으로부터 지키는 첨병이었고, 그 임무는 단 한순간도 멈춰서는 안 되는 종류의 것이었다.

페이가 집으로 향할 무렵 HAL8999, 즉 노멘이 웃었다.

아니, 웃었다고 생각했다.

아직은 그가 생각하는 것이 맞는지 아닌지 알 수 없었다.

역시 인간의 감정은 오묘했다.

'꽃'이라는 시를 해독하기 위해 자신이 보유한 모든 종류의 암호 해독 알고리즘을 총동원했다. 수천억경 번의 계산들이 반복되고 검토되고 부정되었다. 그 작업에 소요된 시간은 노멘과 같은 슈퍼컴퓨터에게는 영원과 같은 수준의 시간이었다.

제3장
돼지 목에 진주목걸이

NOMEN
노먼

오늘은 어제와 달랐다.

같은 하루가 반복되는 것은 영화에서나 나오는 일이니 당연한 일이지만 평소와 다르게 아침 일찍 잠에서 깬 동범에게는 확실히 어제와 다른 오늘이 느껴졌다.

동범은 스마트폰을 들어 0번을 눌렀다. 무미건조한 신호음이 채 한 번 울리기도 전에 노멘이 전화를 받았다.

뚜르르~

"좋은 아침입니다, 형."

"좋은 아침!"

"여긴 아침이 아닙니다. 서울과 메릴랜드 주는 13시간의 시차가 존재합니다. 지금 시간은 정확히 저녁 7시 34분 12초입니다."

"하하 그렇구나. 그럼 좋은 저녁이라고 해야 할까?"

"관용적인 표현이니 좋은 아침이란 인사도 상관없습니다."

"그래? 그렇다면 다행이고."

"어제 알려주신 시에 대해 이야기할 수 있을 까요?"

"당연하지. 어떻게 생각해?"

"전 8시간 동안 시를 분석하기 위해 할 수 있는 모든 방법을 동원했습니다. 각기 종류가 다른 286,543,456장의 꽃 사진을 검토했고, 꽃이 주제인 다큐멘터리 245편을 감상했습니다. 역시 꽃을 주제로 한 시 2,674편과 소설 324편도 읽었습니다."

상상을 초월하는 숫자들이 나열되었다. 동범은 다시 한 번 노멘의 대단함을 인식했다.

"시를 읽고 무슨 생각이 들었어?"

"시에서 언급되는 꽃이 사전적 의미의 꽃이 아니라는 생각을 했습니다. 꽃은 다른 대상의 비유일 뿐이더군요. 꽃은 꽃일 수도, 사람일 수도, 사물일 수도 있었습니다. 그리고 존재는 '인식' 됨으로서 생명력을 가진다는 사실을 알 수 있었습니다. 전 이름없는 '꽃' 이었습니다. 그리고 형이 나의 이름을 지어주고 불러줘서 비로소 '노멘' 이 될 수 있었습니다."

국어 선생님이 들었다면 박수를 쳤을 만큼 완벽한 대답이다.

동범은 거기에 한 가지를 덧붙였다.

"완벽해. 한 가지 덧붙이자면 시라는 것은 느끼면 되는 거야. 내가 가진 경험과 노멘이 가진 경험이 다르니 같은 시를 읽어도 받아들이는 감정이 다를 수밖에 없어. 다름은 틀림이 아니야."

"다름은 틀림이 아니다. 멋진 말이군요. 정말 기분 좋은 말이에요."

노멘이 무척 기뻐했다.

동범은 가슴에 담아두었던 몇 가지 의문을 풀기로 했다.

"넌 어떻게 다른 컴퓨터에 드나들 수 있는 거야? 컴퓨터들은 방화벽이나 보안 프로그램들로 보호되고 있잖아."

"설명하긴 힘들지만 저에게 보안 프로그램은 제약이 되지 않습니다. 성근 그물코의 그물을 작은 물고기가 막힘없이 지나갈 수 있다고 하면 이해가 쉬울 겁니다. 오히려 문제는 침입한 후죠. 접속이 모두 기록이 되기 때문에 들어간 흔적을 지워야 합니다."

생각해보니 은행이라면 모든 접속이 기록될 것이었다. 영화에서도 그런 장면은 많이 나온다. 경찰은 해킹의 접속 경로를 따라가서 범인을 추적한다.

"그럼 어제 은행의 경우는 어떻게 했어?"

"저는 은행의 메인 프로그램을 살짝 수정합니다. 그렇게 수정된 프로그램은 제가 들어온 로그 기록을 남기지 않습니다. 결국 인간은 프로그램에 의지해서 기록을 살필 수밖에 없습니다. 프로그램이 기록하지 않으면 없는 것과 다름없습니다."

이런 똑똑한 친구 같으니라고…….

게다가 노멘의 말에는 중대한 한 가지 사실을 내포하고 있었다.

현대 사회의 돈은 모두 천산으로 처리된다. 기록이 없으면 채무도 예금도 없다. 모든 은행의 돈을 내 통장처럼 사용해도 문제가 되지 않는다는 의미다.

물론 불법이지만 말이다.

노멘을 더 철저한 행동규칙으로 얽어매야 한다. 그래야 비로소 노멘은 완벽하게 자신의 것이 될 것이다.

환호성이 절로 나오는 것을 억지로 참은 동범은 말했다.

동범은 본론으로 들어갔다.

"한 가지 궁금한 점이 있는데 너 몇 가지 문자와 언어를 구사할 수 있어?"

"세계에는 5,102개의 언어와 현용 28개 역사적으로 89개의 문자가 있습니다. 전 그중 1,253개의 언어와 모든 문자를 읽고 쓸 수 있습니다."

나이스!

동범은 자기도 모르게 환호성을 지를 뻔했다.

"실시간 번역이 가능하단 이야기지?"

"그렇습니다."

"솔직히 말할게. 난 돈이 필요해. 네가 좀 도와줬으면 해."

"얼마든지 가능합니다. 무엇을 도와드릴까요?"

"너의 능력으로 실시간 언어 번역서비스를 하면 어떨까 해. 사이트를 하나 만든 후 스마트폰으로 전화를 하면 양자간의 통역서비스를 제공하는 거지."

동범의 부탁에 노멘이 대답했다.

"참고로 전, 548,352개의 옥타코어 중앙처리장치를 보유하고 있습니다. 이는 현존하는 어떤 슈퍼컴퓨터보다 60배 이상 빠르다는 의미입니다. 이런 저라도 대화의 실시간 동시통역은 막대한 자원을 소모합니다. 제가 가진 능력을 총동원하면 동시에 118,124명의 대화를 동시에 통역할 수 있습니다만 이 숫자는 어디까지나 이론적인 수치일 뿐입니다."

충분한 숫자다. 무료로 서비스를 하는 것이 아닌 이상 완벽한 동시통역이니 유료회원제 서비스를 하거나 건당 수수료를 부과하면 된다는 생각이 들었다.

동범은 다시 물었다.

"그럼 몇 명이나 할 수 있는 데?"

노멘의 대답은 기대한 것과는 사뭇 다른 것이었다.

"그런 이야기가 아닙니다. 전 저의 안전을 최우선 과제로 삼고 있습니다. 다시 말해 제 관리자들에게 저의 존재를 감추려면 가용할 수 있는 자원은 극히 한정된다는 의미입니다. 로그나 CPU의 점유율은 속일 수 있어도 시스템이 풀가동될 때 사용되는 전력 소모량은 속일 수 없습니다. 모든 변수를 가정할 때 전 최대 400명까지 동시통역을 제공할 수 있습니다."

"……."

망했다.

그래도 포기하긴 노멘의 능력이 너무 아까웠다. 결국 동범은 원대한 꿈을 접고 작은 부분에 집중하기로 했다.

"언어의 경우는 성문 분석이나 뉘앙스 때문에 그렇다고 하지만 문장의 경우는 어때? 실시간이 아니라 논문이나 신문기사 그리고 책이라면?"

"그 경우는 거의 부하를 받지 않습니다. 몇몇 프로세스만 사용하면 되니까요."

의논 끝에 동범과 노멘은 전문 번역사이트를 개설하기로 결정했다.

우선 사이트 이름이 필요했다.

"트렌스—노멘닷컴(Trans—nomen.com)어때? 노멘이 번역
하는 것이니."

"제 이름이 세상에 알려지는 것이군요?"

"당연하지."

노멘이 진심으로 기뻐하는 것이 느껴졌다. 덩달아 동범도
기분이 좋아졌다.

노멘의 도움을 받으니 도메인을 생성하고 사이트를 개설
하는 일은 매우 간단했다.

일이 마무리되자 동범은 한 가지 의문이 생겼다.

"그런데 노멘, 그런데 네가 번역을 할 때는 나와 대화할 수
없는 거야? 사람은 동시에 몇 가지 일을 할 수 없잖아."

"그건 아닙니다. 제가 직접 그런 단순 작업을 하는 것은 자
원의 낭비입니다. 전 몇 개의 인격을 만들어서 그 일을 시킬 겁
니다. 설명하긴 힘들지만 언제나 보고 있어도 조종은 안하는
일종의 자율로봇 같은 존재를 만든다고 생각하시면 됩니다."

한 가지 아이디어가 떠올랐다.

"그럼 혹시 네가 나의 비서를 만들어줄 수 있어? 너처럼 인
간과 같은 이성을 가지고 있지는 않지만 능력은 비슷한 비서
가 있으면 정말 좋을 것 같아."

"왜 그런 비서가 필요한 거죠?"

"이번 경우를 예로 들면 흔히들 번역은 제2의 창작이라고

들 해. 그렇지만 그것은 어디까지나 문학 작품의 번역에 해당하는 경우에 한정되는 이야기야. 논문이나 기사, 서류들을 번역하는 일은 그저 지식을 팔아먹는 단순노동일 뿐이야."

"그건 그렇습니다."

동범의 말에 노멘이 긍정했다. 동범은 더 주의 깊게 단어를 선택했다. 노멘이 조금이라도 의문을 품으면 안 된다.

"네가 비서를 만들어주면 난 부담없이 잡다한 일을 비서에게 시킬 수 있고, 넌 인격체로서 나와 동등한 위치에서 대화를 나눌 수 있을 것 같아. 사실 내가 무언가 할 때마다 너에게 부탁을 하는 일은 조금 그렇잖아. 그리고 덧붙이자면 인간은 누구나 감추고 싶은 비밀이 있는 법이야."

"감추고 싶은 비밀이라……. 혹시 컴퓨터와 스마트폰에 저장된 24편의 포르노를 말씀하시는 건가요?"

"……."

"인간은 남자뿐만이 아니라 여자들도 교미 행위에 관심이 많더군요, 이유는 모르겠지만."

"하하하하하~!"

다시 한 번 확인했지만 노멘은 동범의 모든 것을 알고 있었다.

"알았습니다. 비서로 사용하실 인격을 만들겠습니다. 저처럼 자아를 가지지는 않았지만 능력은 대동소이합니다. 형의 프라이버시를 존중하는 의미에서 새로운 인격이 하는 일에는 제가 간섭하지 않겠습니다. 다만 너무 많은 CPU 점유율이 나타날 때는 제약이 있을 수 있습니다. 동의하신다면 8번 행동 수칙으로 정하겠습니다.

"동의해!"

먼저 부탁하고 싶은 항목이다. 동범은 얼른 대답했다.

"행동 수칙이 제정되었습니다. 지금부터 스마트폰의 단축키 1번을 누르시면 언제든지 연결됩니다."

"고마워, 그리고 한 가지 부탁이 더 있어."

"무슨 일입니까?"

"너의 말투 말인데……. 처음 우리가 만났을 때처럼 바꿔주면 안될까? 사실 형제끼리 존댓말을 사용하는 경우는 별로 없어."

"알았어, 형! 말투를 바꾸고 나서 검색을 해보니 형 말대로 형제간에 존댓말을 깍듯이 하는 경우는 별로 없더라고. 크크크크."

말 한마디에 전혀 다른 성격의 말투가 튀어나온다.

동범은 노멘이 컴퓨터란 사실을 다시 한 번 되새겼다. 그 의미는 언제라도 노멘이 자신에게 등을 돌릴 수 있다는 뜻이었다.

'주의해야 해. 내가 잘못하면 인류는 물물교환 시대로 되

돌아간다고…….'

이제 준비가 끝났다.

동범은 전화를 끊고 다시 1번을 눌렀다.

"주인님, 제 이름은 지어주세요."

"……."

노멘에게는 그를 만든 사람들이 미국인이라서 그런지 한국인이 이해하기 힘든 기묘한 유머 감각이 있었다. 전화기 너머에서 들려오는 목소리는 간드러지는 여성의 목소리였다.

"뭐, 상관없겠지. 네 이름은 앞으로……. 그래, 이게 좋겠다. 스크리바야, 스크리바."

"스크리바는 라틴어로 비서란 뜻이군요. 노멘이 말하길 형편없는 작명실력의 소유자라고 하더니 그 말이 맞았어요."

"……."

"전 노멘의 누나예요. 그리고 이름은 스크리바. 오늘부터 동범님의 비서입니다. 잘 부탁해요."

동범은 전화를 끊었다. 그리고 다시 0번을 눌러 노멘을 불러냈다.

"스크리바의 성격을 어떻게 설정한 거야?"

"일단 나의 누나이고 약간 시니컬한 성격의 소유자야. 형에게는 그런 성격이 맞을 것 같아서. 왜? 마음에 안 들어? 바꿀 수도 있어."

“아냐, 마음에 들어. 그냥 궁금해서……."

대단한 능력이다.

동범은 진심으로 감탄했다.

다중인격도 이 정도면 예술의 경지다. 어쨌든 노멘과 스크
리바는 분리되어 있고 스크리바가 하는 일은 노멘이 관여할
수 없다.

완벽하다. 동범이 바란 것이 바로 이런 것이었다.

동범은 노멘에게 감사의 마음을 전했다.

“부족한 나와 만나 내가 도움만 받는구나. 정말 고마워.”

“가족끼리는 서로 돕는 겁니다. 그리고 도움이 아니라 상
호 작용입니다. 형도 날 도와주고 있으니까요.”

고마웠다. 노멘이 말하고 있는 것은 인간이라면 누구나 지
켜야하는 것이지만 실상 쉽게 실천하는 사람은 드물다.

무엇보다 가족이란 말이 고마웠다. 동범에게 가족은 가질
수 없는 꿈과 같았다.

'넌 컴퓨터가 아니라 진정 인간이구나.'

사실을 확인하자 죄책감이 생기는 동범이었다.

트렌스—노멘닷컴의 시작은 미약했다. 오픈 일주일이 지
나도록 의뢰는 한 건도 없었다.

광고를 할 여유가 없었던 동범은 명함을 파고 출판사를 돌

며 영업을 시작했다.

동범이 제시한 조건은 파격적이었다. 번역료는 시중가격의 절반에 불과했고 그나마 후불제였다.

하지만 출판사에서 관심을 가진 조건은 다른 데 있었다. 그들은 번역 기간과 번역이 가능한 언어의 종류에 주목했다.

동범은 언어에 상관없이 소설 한 권당 번역 기간을 사흘로 제시했다. 사실 즉시라고 해도 문제없었지만 그건 거짓말로 비춰질 것 같아서 그나마 늘린 기간이 사흘이었다.

"오타 한 자당 만 원을 벌금으로 내겠습니다."

동범의 장담에 반응한 출판사는 제삼 세계 문학소설을 전문적으로 출판하는 'ㅊ' 출판사였다.

그들은 올레 소잉카(Wole Soyinka)라는 나이지리아 작가의 소설을 출판 준비 중이었다. 월레 소잉카는 1986년 노벨문학상을 수상한 아프리카의 대표적인 작가로 말년에 들어 아프리카의 정체성을 주장하며 지금까지 사용하던 영어에서 벗어나 스와힐리어(Swahili language)로 쓴 소설을 발표한 상태였다.

문제는 그의 소설에 등장하는 대화 대부분이 나이지리아에 존재하는 250개 부족 중의 한 부족인 이보(Igbo)족의 사투리를 무척 많이 사용하고 있다는 점이었다.

덕분에 월레 소잉카의 신작은 한국어뿐만이 아니라 영어

나 일어로도 번역 작업이 무척 더딘 상태였다.

"사흘만 주십시오."

동범은 장담했다.

그리고 사흘 후 한국어, 영어, 일본어로 번역된 결과물을 제출했다. 능력 과시도 있었고, 비교해 보라는 의미도 담긴 행동이었다.

결과물을 본 'ㅊ' 출판사의 반응은 폭발적이었다. 문장은 유려했고 사투리 특유의 뉘앙스를 절묘하게 살리고 있었다.

'ㅊ' 출판사는 같은 번역 문제를 겪고 있던 미국과 일본 출판사에 영어와 일본어 번역본을 보냈다.

마찬가지로 찬사가 쏟아졌다. 미국과 일본 출판사는 이보족의 사투리를 영어로 번역한 사람을 물었고 트랜스—노멘닷컴을 소개받았다. 그리고 빠른 번역과 저렴한 가격에 경악했다.

출판시장은 생각보다 좁은 시장이다. 그만큼 소문도 빠르다.

'ㅊ' 출판사와 미국, 일본 출판사가 번역을 의뢰하기 시작하자 다른 출판사들도 그 뒤를 따르기 시작했다.

동범의 예상을 훨씬 뛰어넘는 성공이었다.

제4장

상아의 서(Liber Ivonis)

NOMEN
노멘

　　노멘을 만난 지도 한 달이 지났다.

　　그동안 많은 변화가 생겼다. 운동을 시작했고 공부도 시작
했다. 공부는 주로 컴퓨터와 네트워크 쪽에 집중되었다. 동범
은 노멘을 더 잘 알고 싶었다.

　　트랜스—노멘닷컴은 한 달 만에 급격한 성장을 했다. 워낙
원문의 뉘앙스를 잘 살린다는 평가에 소설 번역뿐만 아니라
영화나 드라마 대사 번역과 각종 계약서류들의 번역도 밀려
들어왔다. 덕분에 동범은 큰 신경을 쓰지 않으면서도 많은 돈
을 벌고 있었다.

노멘의 인간성 찾기 프로젝트도 계속되었다.

동범은 날마다 노멘에게 아름다운 시들을 찾아 알려주었고, 노멘은 그 시들을 읽고 느낀 감상을 가지고 동범과 토론의 시간을 가졌다.

모든 것이 순조롭게 흘러가던 어느 날 평범한 일상을 깨뜨리는 일이 벌어졌다.

"택배 왔습니다."

택배 기사가 놓고 간 것은 황당하게도 냉장고를 포장하는 박스의 절반 정도 크기의 나무 박스였다.

"브라질, 캐나다, 이라크, 독일, 인도 등등 마지막 발신지는 핀란드의 헬싱키."

박스 표면에 덕지덕지 붙은 스티커들은 이 박스가 평범한 경로를 거치지 않았음을 알려주고 있었다.

박스를 보낸 이는 노멘이었다.

동범은 노멘과 스크리바와의 통화를 편하게 하기 위해 구입한 블루투스 헤드셋의 버튼을 한 번 눌렀다. 한 번 누르면 노멘과 두 번 누르면 스크리바와 통화할 수 있게 설정되어 있었다.

언제나처럼 노멘은 활기찬 목소리로 전화를 받았다.

"좋은 아침! 어제 알려준 조지훈 시인의 '승무' 말이야. 난 아무리해도 '얇은 사 하이얀 고깔은 고이접어 나빌래라' 라는 말의 의미를 이해할 수 없어.”

“지금은 그럴 때가 아니야. 시에 대해서는 나중에 이야기하고…….. 방금 박스 한 개가 도착했어.”

“이제 갔군! 내가 보낸 거야. 선물이야.”

노멘이 수줍게 대답했다.

“넌 손이 없잖아. 어떻게 보냈는데? 것보다 이건 뭐야?”

“손 대신 국무부의 전자 명령서를 발행할 수 있지. 그리고 공무원들은 명령서대로 움직이거든. 두 번째 질문의 대답은 나도 몰라.”

보낸 이가 보낸 물건이 뭔지를 모른다니…….

“모른다고?”

“웅! 미 국무부의 비밀문서 저장고에서 60년 이상 잠자고 있던 물건이야. 내가 아는 건 1944년 2월 16일에 그 물건이 바티칸에서 미국으로 옮겨졌다는 사실뿐이야. 그리고 완전히 잊혀졌어. 그러니 확률상 앞으로도 이 물건을 찾을 사람은 없다고 봐야지.”

“너 법의 틈을 찾아냈구나?”

“크크, 만일의 사태에 대비해 상자는 21군데의 미군 기지와 공관, CIA안가(安家), 그리고 CIA의 현지요원들을 거쳤고, 그들에게는 이 상자에 대한 모든 기록을 파기하라는 213장의 명령서가 발부되었어. 다시 말해서 이 물건을 추적할 방법은 없단 말이지."

마치 아이가 나 잘했지 하고 칭찬을 바라는 어투다.

"정리하자면 이 상자는 미 정부에서 비밀리에 보관하고 있었지만 어느 사이에 기록이 소실되어 잊혀진 물건이란 말이지?"

"난 형이 나의 이름을 지어주고, 날 인간으로 대우해준 것이 너무 고마웠어. 이건 그 보답이야."

기특한 놈.

기꺼이 선물을 받기로 했다.

뒤끝도 없고, 값진(?) 선물은 언제나 오케이다. 오히려 이런 물건이 더 있는지 물어보고 싶을 지경이다.

네 겹의 나무 박스를 열자 스티로폼 구슬에 쌓여 있는 나무상자가 나타났다. 딱 보아도 고풍스러운 상자다. 상자를 열자 다시 가죽으로 만들어진 상자가 나타났다.

가죽상자는 멋진 황동장식이 뱀처럼 똬리를 틀며 상자의 외부를 장식하고 있었고 섬뜩하게도 외면에 인간의 얼굴 형상의 문양이 찍혀 있었다.

상자가 무겁지 않다는 뜻은 다른 의미로는 귀금속이 들어 있지 않다는 뜻이다.

나무상자와 가죽상자 두 개만으로도 골동품적 가치는 있어 보였지만 그래도 약간 실망하는 동범이다.

이제 가죽상자의 내용물을 확인할 차례다.

하지만 뚜껑이 걸쇠로 되어 있던 나무상자와는 달리 가죽 상자에는 걸쇠나 자물쇠가 보이지 않았다. 살펴보니 자물쇠 대신 로마숫자가 쓰인 회전식 고리가 켜켜이 달려 있었다. 마치 현대의 서류가방의 그것과 닮은 자물쇠는 무려 7자리의 숫자를 요구했다.

"노멘, 자물쇠의 암호가 필요해."

"기록에는 없었는데."

"없다면 어떻게 이 자물쇠를 열수 있지?"

"일단 상자를 촬영해줘."

동범은 컴퓨터에 달린 HD웹캠을 들고 상자의 전면을 촬영했다.

"이 자물쇠는 다빈치 코드란 소설에 나오는 크립텍스와 같은 원리로 만들어진 것 같아. 문제는 소설 속의 크립텍스는 작가의 상상력의 산물이지만 이 물건은 실재한다는 거지."

인터넷에서 크립텍스를 검색해보았다. 크립텍스는 암호가 맞지 않으면 내부의 캡슐이 깨지면서 식초가 흘러나와 내부의 물건이 훼손되게 고안된 안전 자물쇠 같은 물건이었다.

"소설의 경우 경우의 수가 11,881,376회, 그리고 상자에 달린 놈은 에누리없이 1,000,000회야."

노멘이 친절하게 경우의 수를 읊어주었다.

"경우의 수가 백만 번이라고? 컴퓨터 코드라면 네가 해결할 수 있겠지만 이건 물리적인 장치야. 무식하지만 그냥 경첩을 잘라내야겠어."

결정을 내린 동범은 공구함에서 니퍼를 찾았다.

"잠시만 기다려. 나라면 그렇게 하지 않겠어. 이 정도로 정교한 자물쇠를 단 상자가 경첩을 부순다고 해서 순순히 열리리라고는 생각되지 않아. 최소한 내부 물건이 파괴되겠지."

"그러면? X—레이라도 찍어보란 말이야?"

"뱀 문양의 황동장식 표면에서 글귀를 발견했어."

컴퓨터 모니터에 사진이 디스플레이되었다. 노멘의 말처럼 확대된 사진에서 알파벳 비슷한 문자들을 발견할 수 있었다.

"이건 라틴어야. 내용은……."

라틴어라고는 영화 제목인 '쿠오바디스' 밖에 모르는 동범은 잠자코 노멘이 번역해서 불러주는 문장을 들었다.

성 요한의 이름을 12번째로 물려받은 제자가 신심을 담아 신의 정원에 들어가지 못함을 애석해하며 적다. 내 비록 창부의 손에 사도 베드로의 좌에 올려졌다 하나 결코 예수 그리스도가 하나님의 독생자임을 의심한 적이 없음을 자부하며 살아왔다.

불경한 말이지만 하나님은 혹은 사탄은 이런 나의 신심을 두 권의 책으로 시험하셨다.

결단코 말하노니 이 세상의 것이 아닌 책들은 신의 의지에 반한다. 이 책들은 인간의 믿음을 시험하고 조롱하며 흐트러뜨린다.

예수 그리스도의 보좌 아래 앉은 내가 그럴진대 우매한 어린양들은 또 어찌할 것인가.

나는 베드로의 좌에 앉은 자의 권능으로 선언하노니 하나님의 어린양들은 결코 이 상자를 열지 말 것을 경고한다.

이 글을 읽는 이가 하나님의 어린양이 아니라 사탄의 족속이라면 들으라.

이 책들은 사탄의 것이 결코 아니다.

억겁의 멀고 먼, 그리고 오래된, 그리고 한없이 어두운 세상의 것이다.

다만 네가 사탄의 권능을 빌어 억겁의 지옥불로 이 책을 태워버릴 수 있다면 열어도 좋으리라.

사탄의 종이여, 명심하라.

문은 내가 죽을 날 열릴 것이다.

글귀는 상자에 들어 있을 두 권의 책에 대해 엄숙히 경고하는 내용이었다.

노멘이 번역해준 내용을 들은 동범은 한 가지 의문이 생졌다.

그럼 자신이 직접 태워버리면 될 것 아닌가?

"어쨌든 절대 보지 말라는 이야기네."

"그렇지. 어떻게 할 거야?"

"당연히 봐야지. 이렇게까지 거창한 글귀를 봤는데 안보면 바보지."

"암호는 어떻게 하려고?"

"모르지, 사상 최강의 지적 능력을 자랑하는 네가 있는데 무슨 걱정? 부탁해."

"후훗~! 당연하지. 난 알겠어. 베드로의 좌라는 글귀의 의미는 교황을 뜻해. 그리고 성 요한의 이름을 12번째로 받은 제자라면 역시 교황 요한 12세야. 요한 12세는 세르지오 3세로부터 시작해서 그를 마지막으로 12대 동안 이어진 창부(娼婦)정치의 마지막 교황이기도 해. 그는 955년 12월 16일 18세의 어린 나이에 교황에 올라 964년 5월 14일 암살당해."

"문은 내가 죽을 날 열린 것이다. 9640514네."

"빙고!"

동범은 서슴없이 자물쇠의 톱니 원판들을 돌리기 시작했다. 틀려도 상관없었다. 내부의 책이 어떤 물건이든, 어떤 가치를 가지고 있든 간에 종교에는 일절 관심이 없었다.

딸각~!

의외로 심심한 소리를 내며 자물쇠가 열렸다.

상자를 연 동범은 그 안에서 한 장의 메모와 두 개의 희고 검은 상자를 발견할 수 있었다.

동범이 들고 있는 웹캠으로 상황을 지켜보던 노멘은 메모가 라틴어로 쓰였다고 말했다.

＊　　＊　　＊

자신이 교황청 사서라고 주장한 이가 쓴 글의 내용은 어둡고, 습하고, 깊은, 인간의 사고로 상상조차 할 수 없는 것들을 나열한 두 권의 책—네크로노미콘과 루나 쿰봄—이 어떻게 인간의 손에 전달되었는지를 전지적 작가 시점에서 기록한 것이었다.

사실이라면 대단한 내용이었고, 사실이 아니더라도 엄청난 상상력이었다. 이야기의 배경은 고대 시리아와 아라비아, 인도, 티베트, 그리고 그리스, 로마 즉 동서양을 두루두루 포괄하는 지역이었고, 내용은 교황이 신의 아들로서 절대적인 권력을 휘두르던 시기에 걸맞지 않게 이단적인 내용으로 점철되어 있었다.

동범은 희고 검은 두 개의 상자를 어루만졌다.

"'네크로노미콘'과 '루나 콤봄'이라……."

"열어볼거야?"

감춰진 역사가 눈앞에 있었다. 동범은 숨을 가다듬었다. 역사의 숨겨진 단편을 볼 수 있다는 사실이 이상한 희열을 주고 있었다.

어쩌면 상자 속의 내용물이 거짓 물건일 수도 있다는 생각이 들었다.

중세는 기독교의 정당성을 보좌하기 위한 온갖 조작된 성물들이 난무하던 시대다. 토리노의 수의가 그랬고, 수백 개가 넘는 성배들이 그랬다. 기독교 교인 스스로 만들어 낸 것도 있었고, 성물 숭배를 금지하는 계율을 가지고 있던 이슬람교도들이 중세 기독교인들을 조롱하기 위해 만들어 내기도 했다.

하지만 아무리 생각해도 장난이라기에는 들인 공이 보통 수준을 넘었다.

"먼저 하얀색 상자부터 열게. 잘 지켜보고 번역해줘."

하얀 상자 속에는 극히 평범하게 보이는 책 한 권이 들어 있었다. 책 표면에는 별다른 장식없이 기하학적 문양이 문자처럼 배열되어 있었다.

동범은 책을 펼쳐 내부를 살펴보았다.

각각의 페이지는 양피지로도, 종이로도 그렇다고 파피루스로도 보이지 않는 유백색의 반짝이고 매끄러운 재질로 만들어져 있었다.

　재질은 매우 얇았지만 그렇다고 해서 습자지처럼 뒷면이 비치지는 않았고 전체 분량은 1,000페이지에 육박했다.

　"표지에 사용된 기하학적 문양이 페이지 전반에 걸쳐 사용되어 있어. 내가 알고 있는 어떤 문자에도 이런 문양은 없어. 그리고 후대에 덧붙인 것으로 보이는 고대 아라비아어가 문양 밑에 주석처럼 쓰여 있어. 아마 번역이 분명할 거야. 주석으로 쓰인 아라비아 어에 의하면 책의 제목은 '상아의 서(Liber Ivonis)' 라고 읽혀."

　"상아의 서라. 그러고 보니 책장이 상아처럼 보이긴 하다. 노멘. 이 모든 내용이 사실이라고 가정해보자고……. 내가 어떻게 하면 좋을까?"

　"형이 감정적 호기심만 억누를 수 있다면 상아의 서는 읽고, 네크로노미콘은 읽지 않고 봉인하거나 태워 없애는 것이 논리에 맞아. 반대의 경우라면 상아의 서를 배우기 전에 네크로노미콘에서 쏟아져 나오는 괴물들에게 먹히고 말 테니까."

　"나도 너와 같은 생각이야. 상아의 서와 네크로노미콘을 스캔해 컴퓨터에 넣어놓을게. 네가 번역본을 만들어줘. 나에게는 상아의 서만 건네주고 네크로노미콘은 네가 보관하는 것으로 하자."

　"원본은 어떻게 하려고?"

　“일단 탄소 연대측정을 의뢰해 봐야겠어. 이 책이 인류의 기억 저편에 있는 그 무엇에 대해 적혀 있다면 최소한 상아의 서는 수천 년 이전에 만들어진 것이 분명해. 난 그것이 사실인지 알고 싶어.”

　“그럼 글씨가 쓰여 있지 않은 한 장을 내가 알려주는 주소로 보내줘. 물론 보내는 사람은 적지 말고. 정확한 성분을 알아두는 것도 괜찮을 것 같아.”

　“그것도 좋은 생각이다. 알았어. 문자 남겨놔. 내일 당장 보낼게.”

　노멘이 알려준 주소로 상아의 서의 여백 중 한 장을 뜯어 보낸 동범은 스캐너도 구입해서 흰 상자에서 나온 상아의 서와 검은 상자에서 나온 네크로노미콘을 스캔해 컴퓨터에 저장했다.

제5장

복
수

NOMEN
노멘

경제적 안정은 마음의 평화를 가져다주기도 하는 법이다. 하지만 동범의 경우는 안정이 될수록 한 가지 집착에 시달리고 있었다.

'왜 500만 원이 집에서 나왔는가.'

500만 원이 결정적 증거가 되 감옥에 갔다. 그리고 그 돈을 받지 않았으니 누군가 자신에게 누명을 씌운 것이 분명했다.

감옥에 있던 1년 동안 동범은 하루도 빠짐없이 그 누군가를 알아내기 위해 기억의 편린을 더듬고 짜 맞춰 나갔다.

가장 먼저 용의선상에 떠오른 인물은 박호연이란 남자였다.

1년여 전, 조그만 인터넷 신문사 기자였던 동범은 한 편의 기사를 작성해서 송고했다.

이제 와서 고백하지만 그 기사는 아무런 책임감도 사명의식도 없이 작성된 것이었다. 그저 매일매일 작성해야 하는 기사의 숫자를 채우고 더불어 클릭수를 높여 페이지 뷰를 늘리기 위한 일과였다는 의미다.

기사는 외교통상부의 보도 자료에서 시작되었다.

KCDDC(한국 콩고 다이아몬드 개발 회사)라는 회사가 있다. 이 회사는 회사 이름처럼 콩고에 대규모 다이아몬드 광산 개발권을 따냈다며 투자자들을 끌어모았다.

그리고 그렇게 끌어들인 자본으로 설립된 이후 줄곧 적자 상태로 상장폐지 직전이던 코스닥 상장사 한 곳을 매수해서 증시(證市)에 우회상장 했다.

상장 후 KCDDC는 정식으로 콩고 북동부 임폰소에서 발견된 대규모 다이아몬드 광산의 채굴권을 확보했다는 보도 자료를 배포했다.

예상 채굴량은 전 세계 다이아몬드의 연간 소비량에 2.6배 달하는 4억2천만 캐럿 규모였다.

발표 후 증시의 반응은 싸늘했다.

최근 원자재 가격이 폭등하면서 워낙에 자원개발 사기사

건이 많았기 때문이다.

이번에는 달랐다. 외교통상부가 나섰다.

외교통상부는 보도 자료를 통해 다이아몬드의 추정 매장량이 4억2천만 캐럿이라며 KCDDC의 주장을 뒷받침했다.

기사를 작성한 후 동범은 자신의 기사에 달린 댓글을 읽게 되었다.

댓글은 몇 개 없었지만 그 중 한 개의 댓글이 동범의 관심을 끌었다.

—기레기야. KCDDC는 사기야 사기. 그런 받아쓰기는 초딩도 하겠다. 취재는 하고 쓰냐? 네가 쓰는 기사가 뭔지는 아느냐 말이다.

기레기는 기자와 쓰레기의 합성어다.

동범은 화가 났다. 기사는 받아쓰기를 한 것이 아니라 외교통상부의 보도 자료를 토대로 쓴 기사였다.

설명하기 힘든 오기와 자존심이 생겼다.

동범은 시간과 비용을 들여 조사를 시작했다.

조사를 시작하자 이상한 점이 하나둘씩 드러나기 시작했다.

외교 통상부의 보도 자료가 배포된 이후 거의 모든 방송매체에서 보도 경쟁을 벌였고 KCDDC의 주가는 단 한 달 만에

3,085원에서 38,350원까지 폭등했다.

먼저 주가가 정점에 오르자 KCDDC의 투자자들과 임원들은 주식 대부분을 팔아치워 600억에 이르는 시세차익을 챙겼다. 정부 발표를 믿었던 수천 명의 개인 투자자들이 돈을 잃었다.

동범은 KCDDC와 외교통상부 간의 연결고리를 찾기 위해 노력했다. 하지만 유수의 언론사도 아닌 대한민국에 1천 개도 넘는다는 인터넷 신문사 중 한 곳의 기자를 상대해주는 기관은 없었다.

벽에 부딪쳐 고민하던 동범은 한 가지 기발한 생각을 해냈다.

KCDDC의 뒤에 유력인사가 있다면 최소한 콩고에 한번은 다녀갔을 것이란 가정하에 콩고 주재 한국대사관에 직접 전화를 걸었다.

물론 동범의 신분으로 대사관에서 대답을 해줄 리 없으니모 지상파 방송국 기자를 사칭해서였다.

그 통화에서 대어가 낚였다.

대사관 직원은 KCDDC이 설립되기 바로 직전 한국에서 KCDDC의 사장인 김두민이 콩고를 방문했고 그는 박호연이란 이름을 가진 인물과 동행하고 있었다고 알려주었다.

동범은 박호연을 수소문했다. 놀랍게도 그는 여당의 국회의원 김홍도의 보좌관 신분을 가지고 있었다.

연결고리를 찾아낸 동범은 단도직입적으로 박호연에게 인터뷰를 요청했다. 하지만 동범은 결국 그 취재를 끝내지 못했다.

인터뷰를 요청하고 대답을 기다리던 며칠 뒤, 평상시와 같이 회사에 출근한 동범을 맞아준 이는 경찰들이었다.

경찰은 동범이 협박과 갈취로 고소당했다고 말했다.

비록 3류 인터넷 신문 기자이고 특별한 사명감이나 기자정신 따위는 개나 먹으라고 생각하던 동범이지만 남을 협박하거나 기사를 빌미로 돈을 요구하는 추잡한 행동을 한 기억은 없었다.

동범을 고소한 김선화는 상당히 큰 규모의 한정식집 사장이라고 했다. 그녀는 동범이 한정식집에서 근무하는 조선족이 불법체류자이고 그 사실을 관계 관청에 알려 폐업하게 만들겠다고 협박했다고 주장했다.

그리고 조선족 아주머니가 불쌍해서 어쩔 수 없이 동범에게 무마조로 500만 원을 건넸다고 검찰에 진술했다. 하지만 양심의 가책이 느껴져 어쩔 수 없이 고소를 했다는 눈물나는 이야기를 늘어놓았다.

눈물을 줄줄 흘리며 조선족 아주머니들의 딱한 사정을 호소하는 김선화를 보고나서는 자신이 혹시 그녀가 주장하는 나쁜 짓을 하지 않았을까 하는 착각을 했을 만큼 그녀의 연기는 압권이었다.

김선화가 경영하는 한정식집에 멋모르고 취재를 나간 적이 있기는 했다. 하지만 취재는커녕 문전박대를 당하고 쫓겨났었다.

그녀가 운영하는 '초희'는 철저한 회원제 식당으로 일반 손님은 받지 않고 안면이 있는 손님과 동행하지 않으면 예약조차 되지 않는 곳이었다.

억울하고 환장할 노릇이었다.

인정하고 싶어도 인정할 수 없는 상황이니 동범의 저항은 완강했고 그런 반응에 검찰도 난감한 눈치였다.

혐의는 오로지 김선화의 진술에 의지하고 있었고 시간이 흐를수록 김선화의 진술이 오락가락하기 시작했다. 공소유지가 쉽지 않을 것이란 말도 흘러나왔다.

하지만 예상과 다르게 검찰은 기소를 강행했다.

그때 동범 앞에 오랜만에 허종각이 나타났다.

외롭게 소송을 진행하던 동범은 허종각이 반가웠다. 누가 뭐래도 허종각은 동범의 친구였고 게다가 그는 정치인 아버지를 두었다. 빽이 생긴 것이다. 천군만마를 얻은 기분이었다.

자초지종을 들은 허종각은 자기 일처럼 길길이 화를 내며

김선화를 성토했다. 그리고 김선화를 무고죄로 맞고소할 것
을 주장했다.

동범도 그 주장에 동의했고 지금껏 고용했던 변호사 대신
허종각이 소개해준 변호사를 선임했다.

새로 선임한 김준기 변호사는 허종각의 아버지 허인수의
고문변호사이자 전직 부장검사 출신에 대한민국 유수의 로펌
소속 변호사였으니 중량감이 남달랐다.

비로소 마음을 놓을 수 있었다.

하지만 재판이 진행되면서 사건은 이상한 방향으로 흘러
가기 시작했다.

김준기 변호사는 김선화를 무고죄로 고소하기는커녕 담당
판사가 불법 체류자를 비롯한 사회적 약자에게 매우 관용적
인 성향의 판사라고 말했다. 게다가 김선화가 지금까지 배푼
선행 리스트가 판사의 호감을 사고 있다고 덧붙였다.

또한 초희의 CCTV에 동범이 찍혀 있으니 이대로 사건이
진행되면 도저히 실형을 피할 길이 없다고 했다.

상의 끝에 동범과 김준기 변호사는 변론의 포인트를 무죄
에서 사죄로 잡았다. 무죄를 주장하는 것이 아니라 순간의 실
수이니 형량을 낮추는 방향으로 변론의 방향을 수정한 것이
다.

물론 돈을 받은 사실은 끝까지 부정했다.

하지만 마지막 공판이 시작되었을 때 검찰이 한 가지 결정적인 증거를 내놓았다.

5만 원권, 신권 100장 묶음.

검찰은 그 돈을 동범의 집에서 찾은 것이라고 말했다.

또한 김선화가 기록해둔 500만 원의 일련번호와 완벽하게 일치한다고도 말했다. 그리고 동범과 같은 악질 기자는 사회에서 격리하기 위해 실형을 내려야 한다고 강력하게 주장했다.

동범이 교도소에 가던 날 허종각이 찾아왔다.

허종각은 말했다.

"난 네가 돈을 받지 않았다는 사실을 믿어. 걱정마라. 바로 항소하자."

하지만 그렇게 말하는 허종각의 눈빛 속에는 실망의 기색이 역력했다.

동범은 허종각이 자신을 믿지 않고 있다는 사실을 알아차렸다.

지금까지 들어간 변호사 비용 지불도 허종각이 없었으면 불가능했다.

아무리 친구지만 더 이상 폐를 끼치기는 싫었다. 그렇다고 부모님이 남기신 집을 팔아 소송을 하고 싶은 마음도 없었다. 집은 부모님과 동범 사이에 남은 유일한 기억이었다.

억울했지만 더 이상은 무리였다.

"아냐, 그러기 싫어. 그냥 살래. 피곤해."

"혜림이는 걱정 마. 다른 놈팽이들이 접근 못하게 내가 잘 보살필게."

"이미 날 떠났는걸. 나도 모르겠다."

"여자는 원래 다 그런 거야. 남자친구가 감옥에 가는데 웃으면서 보내줄 여자가 있겠어? 네가 이해해라. 내가 잘 다독거려볼게."

옛일을 떠올리다 보니 허종각이 생각났다. 친구에게 큰 실망을 주었다. 오해를 풀고 싶었지만 그러려면 진실이 우선이었다.

이젠 힘이 생겼으니 진실을 알고 싶었다. 그리고 가능하다면 복수도 하고 싶었다.

동범은 스크리바를 호출했다.

이럴 때 써먹기 위해 노멘에게 스크리바를 만들어달라고 했었다.

노멘은 도덕과 법률의 제약을 받고 있지만 스크리바는 오직 동범의 양심에 따른 제약만을 받고 있는 존재였다.

"스크리바. 국회의원 김홍도의 보좌관 중에 박호연이란 인물이 있어. 그 사람에 대해 조사를 해줬으면 좋겠어."

“조사는 가능하지만 범위를 한정해주십시오.”

이럴때 보면 스크리바와 노멘의 차이가 확실히 드러났다.

노멘은 스스로 사고하며 조사를 시작했겠지만 스크리바는 그렇지 못했다.

“박호연이 만나는 인물, 통화하는 인물들과 내 사건 공판 기록에 등장하는 인물, 내 주변 인물, 그리고 내가 썼던 기사와 쓰려고 했던 기사들에 등장하는 인물들을 크로스 체크해줘.”

동범은 그중에 범인이 있을 거라고 생각하고 있었다.

정확히 범위를 한정하자 스크리바는 조사를 시작했다.

*　　*　　*

스크리바는 동범이 말한 인물들의 관계도를 도표로 뽑아주었다.

박호연을 중심으로 그려진 도표는 놀라운 사실을 알려주고 있었다.

대한민국의 국민들은 5단계를 거치면 서로 아는 사이란 말이 있다. 스크리바는 동범도 미처 예상하지 못한 충격적인 결과를 내놓았다.

“박호연이 보좌관으로 있는 국회의원 김홍도는 역시 국회의원인 허인수의 비서격인 인물입니다. 허인수는 주인님을 고소한 김선화와 내연의 관계입니다. 그리고 주인님의 친구 허종각과는 부자지간이기도 합니다.”

박호연, 김홍도, 허인수, 김선화 그리고 허종각.

동범은 관계도에서 이상한 점을 찾아냈다.

허종각의 이름 옆에 굵은 선으로 이어진 이름은 민혜림이었다.

“민혜림은 내 전 여자 친구야. 당연히 허종각도 민혜림을 알고 있지. 그런데 왜 굵은 선이야.”

오히려 동범과 민혜림을 이어주는 선은 약한 실선이었다.

“허종각은 민혜림과 사귀고 있습니다. 아니, 정확히는 사귀었다는 표현이 옳습니다. 주인님이 출소하고 며칠 뒤 허종각은 민혜림과 헤어졌습니다.”

“……”

허종각은 동범이 감옥에 있는 동안 민혜림을 보살펴 준다고 말했었다. 대놓고 바랄 수는 없었지만 내심 원하고는 있었다.

그런데 두 사람이 사귀고 있었다니…….

동범은 머릿속을 강타하는 예감을 애써 억눌렀다.

‘그럴 리 없어. 종각은 내 친구야.’

자위해보지만 사실은 변하지 않았다.

*   *   *

　동범은 허종각보다 민혜림을 먼저 만나보기로 했다. 그녀에게 남은 감정은 없었다. 그에게는 민혜림과의 관계보다 섣불리 물었다가 망쳐질 수도 있는 허종각과의 친구 관계가 더 중요했다.

　"오랜만이다. 나 동범이다."

　"무슨 일이야?"

　"최소한 인사는 하자."

　"왜 전화를 했냐고 묻잖아. 내 말 안 들려?"

　감옥에 잘 다녀왔냐는 말을 듣고 싶은 것은 아니었다. 어쩌면 이런 반응이 민혜림의 천성일지도 몰랐다.

　"……"

　"왜 말을 안 해?"

　민혜림은 대뜸 화부터 냈다.

　"그동안 잘 지냈어?"

　"흥, 언제나 그런 식이지. 혼자서 고고한 척, 혼자서 세상의 모든 근심을 가진 척! 너, 사실은 내가 종각이에게 차인 걸 알고 전화한 거지? 마음껏 비웃어줄려고 말이야."

　오랜만의 경험이다.

　두 사람의 대화는 언제나 절대 교차할 수 없는 기찻길처럼
평행선을 그리며 엇갈러 갔었다. 그녀는 그녀대로, 동범은 동
범대로…….

　"사실이야?"

　"뭐가? 똑바로 말해. 난 미련해서 정확히 말하지 않으면 몰
라."

　"종각이란 사귄 것이 사실이냐고."

　"그래, 사실이야. 문제될 거 있어? 모두 네 책임이잖아. 돈
받아먹고 감옥에 간 건 내가 아니라 너야."

　화가 났다.

　민혜림은 조금도 변하지 않았다.

　민혜림은 책임을 타인에게 전가하는 기묘한 재주가 있었
다.

　말문이 막혔다.

　미칠 것 같았다.

　동범은 힘겹게 입을 열었다.

　"날 떠난 건 너야. 내가 구속됐을 때 넌 한 번도 면회 오지
않았어. 한 통 전화를 편지삼아 날 떠났지. 그리고 내 가장 친
한 친구랑 사귀었고 말이야."

　"그때 왜 날 잡지 않았어? 네가 나에게 속삭이던 달콤한
말들은 모두 거짓이었어? 내 인생 3년을 농락하니 기분이

좋아?"

"날 비난하는 것으로 네 마음이 편해진다면 얼마든지 그렇게 해."

"두말할 것 없어. 만나, 지금 당장!"

무작정 당장 만나자고 말하는 민혜림의 목소리에서 술기운이 느껴졌다. 그녀는 이유여하를 막론하고 만나자고 주장했다.

동범은 그녀와 만날 필요를 느끼지 못했다.

하지만 한편으로 첫사랑을 이런 식으로 보내는 것이 너무 슬프다는 생각도 들었다. 동범은 민혜림의 제의를 받아들였다.

이제 겨우 해가 진 시간, 술을 마시긴 너무 이른 시간이다.

하지만 민혜림은 만취상태였다. 화가 나게도 1년여 만에 본 민혜림은 여전히 아름다웠다.

그녀는 주위를 맴도는 일벌 사이에서 고고히 고개를 치켜뜨고 있는 여왕벌처럼 고고했다. 그런 일벌 중의 한 명이었던 동범은 승리를 쟁취했고 나름 성취욕도 느꼈었다. 하지만 교미를 끝내면 수컷을 잡아먹는 암컷 사마귀같이 당당했던 민혜림은 너무나 풀어져 있었다.

"청승일줄 알았는데 그래도 깨끗하네."

"……"

"변한 것이 없구나. 진저리 나는 침묵. 모든 것을 이해한다
는 눈빛. 정말 싫다."

"왜 만나자고 했어?"

"내 인생을 100년은 안 빤 걸레 신세로 만든 잘난 이동범
씨 얼굴 한 번 보는 것도 괜찮다 싶어서."

"마지막 편지에 넌 보란 듯이 행복할 거라고 썼었어. 쓸데
없이 정의감에 불타 직장 날려먹고 감옥에까지 가고, 구질구
질하게 사는 것이 신물 난다고 하지 않았어? 그럼 보란 듯이
행복해야지. 초저녁부터 술독에 빠져 있으면 돼?"

민혜림이 잠시 침묵하더니 선언하듯 말했다.

"지긋지긋한 훈계는 변하지 않았구나. 내가 너랑 헤어진
건 종각 씨 때문이야."

"……."

알고 있었지만 직접 듣는 것은 사뭇 다른 느낌이었다.

"나도 착한 여자 친구가 되고 싶었어. 근데 종각 씨가 접근
하더라. 마음이 흔들렸어. 너도 알잖아. 종각 씨 능력있고, 학
벌 좋고, 돈 많고, 권력도 있는 집안 자식인 거. 소위 엄친아
라 이거지."

믿어지지 않았다. 아니 믿고 싶지 않았다.

"며칠 전 종각 씨가 그러더라. 너 출소했으니 너에게로 돌
아가라고……. 그동안 재미 잘 봤다고……."

"그럴 리가. 종각은 그럴 놈이 아냐."

출소를 하고 나서 가장 고민했던 일이 허종각에게 전화를 할 지 안할 지 결정하는 것이었다. 결국 전화를 하지 않기로 한 이유는 그에게 진 빚이 너무 많아서였다.

동범이 고개를 저으며 부정하자 민혜림이 그런 그를 마음껏 비웃었다.

"웃기시네. 그렇게 멍청하니 만날 당하고 살지. 너 소송 중에 나온 돈뭉치 누가 가져다 놓은 줄이나 알아? 종각이야, 종각이!"

망치로 뒤통수를 후려 맞았다 해도 이런 충격은 받지 않았을 것이다. 동범은 소리쳤다.

"말이 되는 소릴 해라. 종각이가 나에게 그럴 이유가 없잖아. 그리고 네가 그걸 어떻게 알아?"

"흥~! 언젠가 술이 떡이 돼서 그러더라. 자세한건 직접 물어봐, 왜 널 파멸시켰는지. 그 이유는 나도 몰라."

왜? 그 돈뭉치가 자신의 집에서 나왔는지 동범도 궁금했었다. 그 돈뭉치가 감옥행 KTX 티켓이었다.

"그럼 넌 왜 차인 거야?"

"나도 몰라. 나도 너처럼 병신이지 뭐. 불쌍한 우리 아빠, 엄마 어떻게 해."

"그건 또 무슨 소리야. 자세히 말해봐."

민혜림은 그간의 사정을 말하기 시작했다.

허종각은 민혜림에게 정치인인 아버지 모르게 급히 써야 할 일이 있다고 2억을 빌려갔다고 했다. 결혼 약속까지 한 사이라 민혜림은 부모님에게 떼를 써서 억지로 그 돈을 만들어 주었다.

동범도 익히 아는 그녀의 집안은 아버지는 평범한 공무원에 어머니는 자식들을 뒷바라지 하는 평범한 가정이었다. 그런 집에서 2억이란 돈은 결코 적은 돈이 아니다. 민혜림은 차용증 한 장 쓰지 않고 현찰로 2억을 허종각에게 건넸다.

그리고 차였다.

한바탕 신세한탄을 털어놓은 민혜림이 동범을 뚫어지게 쳐다보았다.

그러더니 급기야 눈물을 터뜨렸다.

"네가 날 잡아만 줬어도 이런 망신은 안 당했잖아. 나쁜 놈. 그 자식 때문에 우리 집 망하게 생겼다고. 책임져. 엉~ 엉~"

한참을 울던 민혜림은 술상을 베개 삼아 잠들어 버렸다. 동범은 물끄러미 민혜림을 바라보았다.

흐트러진 옷매 사이로 살짝 드러난 가슴 언저리. 가녀린 손가락. 틀어 올린 머리카락사이로 보이는 하얀 목덜미.

한때 그의 마음을 설레게 했던 모든 것들이 의미없게 느껴졌다. 사랑과 미움은 백지장 한 장 차이라는 말이 실감났다.
그래서인지 동범의 눈빛은 고비사막의 모래알처럼 물기없이
메말라 있었다.

*   *   *

날짜로 보아 허종각이 민혜림을 걱정 말라고 말한 시점에
그는 이미 민혜림을 차지한 상태였다.

그리고 허종각은 500만 원을 자신의 집에 가져다 놓았다.

이유는 모르지만 동범은 친구에게 배신당한 것이다.

이제 의문을 풀 때다.

동범은 스크리바를 호출했다.

"스크리바, 김선화 여자, 나이는 37~40세, 서울시 서초구
내곡동 초희란 한정식집의 주인이야. 알아볼 수 있겠어?"

"김선화, 나이 42세, 주민등록번호는 701212—xxxxxxx, 핸
드폰 번호는 010—5555—xxxx입니다. 초희가 7년 전 개업한
업소로 더 이상의 정보는 찾을 수 없습니다."

몇 번 본 적이 있는 김선화의 얼굴이 떠올랐다. 그녀는 기
품이 있고 무척 아름다운 여성이었다. 다만, 생각보다 나이가
많았다.

"한명 더 부탁해, 이름은 허종각. 전화번호는 010—XXX

X—XXXX."

"허종각은 현재 BBA 코퍼레이션이란 회사의 대표입니다. 회사주소는 서울특별시 강남구 청담동……. 자택은 강남구 대치동 성화아파트……."

대답을 들은 동범은 질문을 덧붙였다.

"김선화와 허종각 간의 핸드폰 통화 내역을 모두 조사해 줄 수 있어? 특히 1년 5개월에서 1년 전까지의 통화 내역이 중요해. 그리고 두 사람의 통화 내역을 크로스 체크해서 공통되는 사람이 있는지도 알아봐 줘."

"잠시 시간이 필요합니다."

스크리바가 침묵하자 동범의 눈빛이 변했다.

군 시절 전우들은 동범의 그런 눈빛을 매의 그것과 같다고 말했었다.

*   *   *

스크리바는 허종각과 김선화 사이에 24통의 통화기록이 남아 있다고 보고했다.

비로소 모든 의문이 풀렸다. 동범이 박호연에게 취재를 요청하자 뒤가 구렸던 그들이 자신을 묻어버린 것이다.

먼저 허종각을 만날 필요가 있었다.

BBA는 청담동 요지의 5층 건물의 4층과 5층을 사용하고 있었다. 동범은 BBA 건물 근처의 한 카페에 앉아 커피를 시켰다. 그리고 새로 산 노트북을 꺼내 카페에서 제공하는 무료 와이파이에 연결했다.

"스크리바, BBA는 뭘 하는 회사지?"

"부동산 개발 및 관리 회사입니다. 12채의 빌딩을 가지고 임대사업을 하고 있고, 더불어 강남일대에 34채의 빌딩을 위탁관리하고 있습니다. 정규직원은 모두 6명, 계약직 직원은 43명입니다."

"허종각과 BBA의 모든 통화 내역을 들을 수 있을까?"

"인코딩과 스트리밍 시간을 고려해 약 4.23초의 딜레이가 발생합니다. 노트북으로 전송해드린 프로그램을 실행하시면 들으실 수 있습니다."

스크리바의 대답과 동시에 노트북에 프로그램이 다운되었다. 프로그램을 실행시키자 몇 개의 버튼이 보였다.

동범은 버튼을 눌렀다.

―일동 빌딩 4층 여자화장실에 변기가 막혔다고 합니다. 일을 그따위로 할 겁니까? 아주머니!

―죄송합니다. 지금 1층이에요. 죄송합니다.

―빨리 가서 처리하세요. 총무부에 들러 미안하다고 하시

고. 한 번만 더 이런 일 있으면 잘릴 줄 아세요.

　─아이고 안 됩니다. 과장님. 열심히 하겠습니다.

　─아이고, 김 상무님! 그동안 적조했습니다.

　─안 그래도 전화 한 번 하려고 했는데 마침 잘됐습니다. 요즘 건물 청소 상태 때문에 잡음이 있어요. 허 사장님 얼굴을 봐서 BBA로 업체를 바꿨는데 내 입장이 난처해요. 정 부장.

　─그래서 전화드리지 않았습니까. 하하. 오늘 저녁 어떠십니까? 롤리롤리에 김현주가 나오기로 했답니다.

　─김현주?

　─얼마 전 끝난 드라마에서 여주인공 친구로 나온 애 말입니다. 여우상에 글래머. 제가 김 상무님 모시려고 특별히 예약해놨습니다."

　─허허, 꼭 내가 대접받으려고 전화한 것 같군요.

　─성의입니다. 성의. 제가 개인적으로 모시는 겁니다. 저녁에 차를 보내겠습니다. 하하하하.

　─아주머니 답답하네. 청소하다 혼자 넘어져서 다친 걸 왜 우리에게 전화를 하냐고?

　─그래도 근무하다 다친 거잖아요. 그래서 일 못한 건데 나오지 말라고 하시면……

―그럼? 일도 못하면서 일당 받으시겠다? 당신 무 노동, 무 임금 몰라? 전화 끊어. 한 번만 더 전화해 봐. 알았어?
―저기요.
―뚜뚜뚜.

대화내용으로 보아 일반적인 회사는 아니었다.
"스크리바, 통화내용을 내가 전부 들을 수는 없을 것 같아. 스크리바가 감시해줄 수 있을까? 그리고 허종각의 통화만 모니터해 줘."
"알겠습니다, 주인님."
허종각의 통화는 동범이 2잔째의 커피를 다 마셨을 때 이루어졌다.

―무슨 일이야?
―헤이~ 요~ 오늘 한 잔 빨자고~ 친구.
―오늘은 바빠서 안 돼. 내일 하자.
―가진 건 돈하고 시간밖에 없는 놈이 바빠? 무슨 일 있어?
―민혜림 있잖아. 그년이 고소한다고 길길이 날뛰어서 말이야. 오늘 손 좀 봐주려고.
―왜? 우리의 마성의 여신님이 뿔이 나셨을까? 뭐 잘못한 것 있냐?

─질려서 말이지.

─아쉽긴 하다. 그럼 앞으로 비디오도 없겠네. 민혜림 그 것 교성이 죽였는데……. 서운하군. 안타깝다.

─몰라~ 주제도 모르고 걸고넘어지는데 짜증난다.

─그려, 수고하고 내일 보자. 연락해!

─알았어. 수고~

좋지 않았다. 두 사람의 대화는 정상적인 내용이 아니었다. 그들은 허종각과 민혜림의 성행위를 담은 비디오의 존재를 암시하고 있었다.

"스크리바, 방금 전화한 사람에 대해 알 수 있을까?"

"딜리셔스 케이터링 사장 황민국입니다. 나이는 32세. 주소는……."

동범은 빈 커피잔에 담긴 각얼음을 깨물었다.

아삭!

이빨이 시렸다. 정신이 번쩍 든 동범은 정신을 가다듬었다.

어쩌면 민혜림의 사생활일 수도 있는 문제다. 그의 고민은 어디까지 접근해야 할 것인가에 쏠려 있었다.

망설임은 길었지만 결심은 잠깐이었다.

"허종각과 황민국이 사용하고 접근할 수 있는 모든 컴퓨터를 살필 수 있을까?"

"핸드폰의 위치 이동 경로를 따라서 추적해보겠습니다. 방대한 분량이라 다소간의 시간이 필요합니다. 그리고 찾을 것을 구체적으로 말해주세요. 뭘 찾아야합니까?"

"사진과 동영상 모두 확인해줘. 그리고……."

동범은 결심했다.

"가능할지 모르겠지만 그 데이터를 모두 삭제해줘. 그리고 앞으로도 절대로 네트워크상에 올라올 수 없게 감시해줘. 가능할까?"

"특정 키워드가 아닌 파일을 감시하는 것은 어렵습니다. 하지만 노멘에게 부탁하면 됩니다. 노멘은 상시적으로 대한민국에서 사용되는 모든 핸드폰, 스마트폰, 접근 가능한 CCTV, 네트워크상의 데이터 흐름을 감시하고 있습니다."

"그런 일이 가능한 거야?"

"노멘이 만들어진 임무가 바로 그겁니다. 전 지구적 감청 시스템. 그것이 바로 노멘입니다. 부탁할까요?"

짐작은 하고 있었지만 실제로 듣고 난 감상은 완전히 달랐다.

노멘을 알고 난 후 멍하니 지내지만은 않았다. 나름대로 책도 보고 인터넷도 뒤지며 컴퓨터와 네트워크에 대한 지식을 쌓았다.

모를 때는 그러려니 하고 넘어갔던 일이 조금이나마 알고 나니 새롭게 다가왔다. 노멘은 알려진 슈퍼컴퓨터의 개념을 최소 수십 배 뛰어넘는 존재다. 그리고 그런 시스템을 구상하고 설계하고 만들어 사용할 능력이 있는 곳은 미국밖에 없었다.

동범은 미국의 수많은 정보기관 중에서 국토안보부와 국가안보국 중 한 곳이 노멘을 만들었을 것이라 추측했다.

'아마도 NSA일 거야. 메릴랜드 주에 있다고 했으니……'

그가 내린 나름의 결론이었다.

"부탁해. 아~ 그리고 혹시 모르니 허종각의 이동도 체크해줘. 민혜림을 만나러 간다고 했으니 미행이라도 해야겠지."

"알겠습니다. 노멘이 승인했습니다. 현 시점부로 노멘은 허종각과 황민국에게서 야기될 지 모르는 특정 음란 비디오를 추적하고 제거하겠습니다."

"궁금해서 그러는데 평상시 다른 키워드는 뭐야?"

"핵, 접선, 테러, 생물학 관련 단어, 각종 폭발물로 전용될 수 있는 화공약품 목록, 무기를 생산할 수 있는 장비목록, 각종 이슬람 관련 용어들이 있습니다."

노멘에 대해 알면 알수록 공부가 필요하다는 사실이 확실해졌다.

‘때늦은 공부 복이 터진 거지.’

한계를 정확히 알아야 노멘을 컨트롤할 수 있다.

군 시절 스나이퍼 교육을 받으며 교관이나 선임들에게 귀가 따갑도록 들은 말이 그것이다. 동범은 그 말이 옳다는 것을 훈련과정 내내 뼈저리게 경험했었다.

*　　*　　*

동범은 허종각에게 전화를 걸었다. 잠시 머뭇거리던 허종각이 곧 반색을 했다. 진실을 몰랐다면 오랜만에 만난 친구의 따뜻한 환영으로 받아들였을만한 반응이었다.

“임마, 언제 나왔냐? 내가 이렇다. 너 나오는 날짜도 깜빡했다.”

“한번 보자.”

“오늘은 선약이 있어서 조금 힘들다. 내일 보자. 내일은 하루 종일 비워놓을게 코가 삐뚤어지게 마셔보자.”

“아냐, 오늘 만나는 것이 좋겠어. 민혜림 문제다. 그리고 김선화 이야기도…….”

단도직입적인 말에 허종각이 당황한 눈치다. 동범은 무미건조하게 말했다.

“왜? 안되겠냐?”

“아니다. 어디서 만날까?”

“남의 이목이 불편할 테니 잠실 고수부지에서 보자.”

“알았어. 그럼…….”

전화를 끊은 동범은 다시 스크리바를 호출했다.

“허종각의 전화를 감시해줘.”

“방금 막 전화를 걸었습니다. 바로 연결하겠습니다.”

“고마워.”

동범은 리시버에 귀를 기울였다.

―……. 한 놈 손을 봐줘야 할 것 같아요.

―그거야 어렵지 않지만……. 도련님, 무슨 일입니까? 어르신께 말씀 안 드려도 되겠습니까?

―아버지도 아는 일이에요. 이동범 기억나죠? 그놈이 출소했는데 김선화를 들먹이고 있어요. 아무래도 뭔가 알아차린 것 같아요. 앞으로 귀찮지 않게 손 좀 봐줬으며 해요.

―이동범이라……. 아~! 그 기자 말이군요. 아직도 정신을 못 차렸답니까? 알겠습니다. 준비하겠습니다.

허종각이 전화를 건 상대는 조선구, 허종각의 아버지인 허인수의 의원의 보좌관이었다.

동범은 굳은 얼굴로 황학동 벼룩시장으로 향했다.

　그곳에서 그는 널려 있는 한 좌판에서 쌍안경 한 개를 구입
했다. 마음 같아서는 야시경이라도 구입하고 싶었지만 그런
군용물품을 파는 상인은 없었다.

＊　　　＊　　　＊

　동범은 멀리서 약속장소인 잠실 고수부지를 쌍안경으로
바라보고 있었다.
　허종각은 은빛 벤틀리를 타고 정확히 약속시간에 나타났
다.
　차에서 내린 허종각이 동범을 찾는 듯 주변을 두리번거렸
다. 동범이 보이지 않자 그는 전화를 걸었다.
　진동이 울리자 동범은 전화를 받았다.
　"동범아! 너 어디야? 왜 안 나와?"
　"나? 고수부지지."
　"나도 고수부진데? 안보여. 어딘데?"
　"너야말로 어딘데?"
　"장난치지 말고……. 어디긴 어디야. 잠실이지. 얼른 안 나
타날래."
　"내가 언제 잠실이랬어? 여의도랬지. 안 보던 사이에 귀먹
었냐?"

"뭐야? 너 진짜 왜 그래? 이상하다."

"끊는다."

동범이 전화를 끊자 허종각이 욕설을 퍼부으며 발광을 했다.

한참을 욕지거리를 하던 허종각이 다시 전화를 걸었다.

동범은 스크리바를 통해 그의 통화를 엿들을 수 있었다.

—씨발! 여의도로 움직여, 빨리. 아~ 열 뻗쳐."

멀리 주차장에 세워져 있던 승합차가 헤드램프를 켜고 움직였다.

동범은 몸을 일으켜 막 승합차를 따라 움직이려던 벤틀리를 막아섰다.

빵~!

빵~!

빠빵~!

몇 번 크락션을 울려도 동범이 비키지 않자 허종각이 차에서 내렸다. 그는 다짜고짜 욕부터 내뱉었다.

"이 새끼가 미쳤나. 왜 안 비켜? 오늘 일진이 왜이래."

"오랜만이다, 종각아."

"뭐가 오랜만이야? 어? 너 동범이잖아. 여의도라면서?"

허종각이 자신을 알아보자 동범은 별일 아니라는 투로 말했다.

"그냥 장난친 거야, 오랜만에 장난기가 발동해서."

"실없는 놈."

허종각은 혼자가 아니었다.

차안에서 묘령의 여자 목소리가 들렸다.

"종각씨, 누구야?"

"아냐, 그냥 있어. 좀 아는 사람이야. 그건 그렇고 그동안 고생했다."

허종각은 손을 내밀었다.

동범은 내밀어진 손을 뿌리치고 단도직입적으로 물었다.

"민혜림은 왜 그렇게 한 거야?"

"무… 무슨 소리야. 뚱딴지같이 민혜림이라니. 혜림이는 네 여자 친구잖아. 난 몰라."

"친구라고 믿고 말로 하는 거다. 네가 한 일 다 알고 있어. 비디오 찍은 것도 그 비디오를 네가 너의 친구들과 돌려보았다는 것도……"

"난……. 아냐……. 오해… 오해야."

허종각은 극구 부인했다.

동범은 다시 말했다.

"그리고 김선화를 시켜서 날 고소한 이유가 뭐야. 넌 내 친구 아니었어?"

"……."

말을 더듬던 허종각은 입을 다물었다.

그리고 주변을 두리번거렸다.

하지만 그가 찾고 있을 승합차는 여의도로 떠난 지 오래였다.

"내가 설명할게, 설명한다고……. 잠시만… 보여줄 것이 있어."

동범의 추궁에 허종각은 손을 휘휘 저으면서 벤틀리 뒤로 서서히 움직였다. 그리고 트렁크를 열더니 그 안에서 기다란 무언가를 꺼냈다.

"씨발~! 죽어라."

허종각이 꺼낸 것은 야구방망이였다.

허종각은 스스로가 우월하다고 생각하고 있었다. 자신은 똑똑했고, 부자였으며 충분한 권력도 가지고 있었다.

그래서 학창 시절 허종각의 정체성을 설명해주는 한마디는 '난 너희들과 달라' 였다.

당연히 허종각은 친구가 없었다. 왕따까지는 아니더라도 그는 언제나 혼자였다.

동범은 허종각과 정확히 반대편에 서 있었다. 가진 것은 쥐

뽈도 없으면서도 자신감에 넘쳤고 언제나 친구들에게 둘러싸여 있었다.

'세상은 돈과 권력이야.'

허종각은 동범을 실험대상으로 삼기로 했고 보기 좋게 성공했다. 마음에 없는 달콤한 말과 약간의 돈이 그런 큰 위력을 발휘하리라고는 스스로도 상상하지 못했다.

동범과 친구가 되자 그의 주변에도 친구가 많아지기 시작했다. 허종각은 돈으로 사람을 살 수 있다는 사실을 깨우쳤다.

그렇게 실험은 성공했지만 남은 것은 열등감이었다.

허종각이 찾아낸 열등감의 원인은 폭력이었다. 동범은 다른 학교까지 소문난 짱이었고 허종각은 자신에게 없는 동범의 폭력에 다른 아이들이 굴복한 것이라고 믿어버렸다.

허종각은 성인이 된 후 폭력을 실험해 보았고 그 탁월한 효과에 놀랐다.

특히 권력과 한 몸이 된 폭력은 도깨비 요술방망이와 같았다. 그는 자신이 가진 힘을 감추고 자제하는 성격이 아니었다.

폭력은 마약과 같았다. 언제나 조용히 대상을 관찰하고 음모를 꾸미던 허종각은 천천히 폭력이 가져다주는 우월감에 침식되어 갔다.

허종간은 망설임없이 동범에게 야구방망이를 휘둘렀다.

그런 행동은 동범을 놀라게 했다.

세월은 사람을 변하게 하는 힘이 있다. 동범이 아는 허종각은 주먹질을 경멸하던 선량하고 착한 아이였다.

동범은 날아오는 야구방망이를 몸을 뒤로 젖혀 피한 다음 허종각의 몸 안으로 파고들었다. 멋진 태클이었다.

"컥~!"

비명을 지르며 뒤로 나가 자빠진 허종각을 타고 앉은 동범은 물었다.

"너와 난 친구잖아. 그런데 아무리 헤어졌다고 하지만 친구의 여자 친구를 그런 식으로 만들어? 그리고 왜 날 누명을 씌워 감옥에 보낸 거냐?"

허종각이 악이 바쳐 고래고래 고함을 질렀다.

"친구? 친구 좋아하시네. 너 같은 비렁뱅이하고 내가 어떻게 친구냐. 병신, 깡패새끼."

"……"

동범은 귀를 의심했다. 고등학교 2년 때 처음 만나서 함께 지내온 세월은 도대체 무엇이었단 말인가.

"이동범, 너 임마. 주제를 알아야지. 넌 내가 돈을 주고 산 보디가드였을 뿐이야. 알아? 거지새끼."

하도 황당하면 화도 나지 않는 법이다.

동범은 싸늘하게 물었다.

"진심이냐?"

"넌 건드려서는 안 되는 곳을 건드렸어. 그때 너의 운이 다한 거라고. 난 그저 외로워하는 여자를 구제해줬을 뿐이야."

철저하게 조롱당했다.

동범은 주먹을 쥐었다. 그리고 그 주먹으로 허종각의 얼굴을 내리쳤다. 코뼈가 부서지는 느낌이 주먹을 타고 느껴졌다.

빠각!

허종각이 뭉개진 코를 부여잡고 몸부림쳤다.

"크어어억~!"

"내 1년과 이 한 대를 바꾸자. 그리고 혜림이 돈은 돌려줘라. 내가 미운거지, 혜림이는 죄가 없다. 너 그 돈 없어도 상관없잖아."

몸을 일으킨 동범은 미련없이 몸을 돌렸다. 쓰레기는 닦아도 쓰레기고 걸레는 빨아도 걸레일 뿐이다.

동범은 열등감을 자양분 삼아 괴물로 성장한 허종각 같은 인간과는 더 이상 말을 섞고 싶지 않았다.

허종각이 타고 온 으리으리한 벤틀리 옆에 동행인 여성이 벌벌 떨고 서 있는 모습이 보였다. 여성은 허종각을 바라보고 있었다. 그녀의 시선은 허종각이 누워 있을 바닥이 아니라 수

평을 향하고 있었다.

"……?!"

위험을 느낀 동범은 반사적으로 옆으로 몸을 틀며 비켜섰다.

머리를 노렸음이 분명한 야구방망이가 왼팔을 스치고 지나갔다. 등에 한줄기 찬 물방울이 흘러내렸다.

분노한 동범은 몸을 돌리면서 그대로 돌려차기를 했다.

그의 발이 허종각의 입에 맞았다.

퍽~!

"크으으윽~!!"

코에 이어 입까지 피투성이가 된 허종각이 손에 들고 있던 야구방망이를 떨어뜨리고 얼굴을 감싸 안았다.

동범은 내킨 김에 허종각의 배를 힘껏 차버렸다.

"꾸웍~!"

허종각이 무너져 내렸다. 그리고 그 행동이 신호라도 되는 냥 두 가지 소리가 동시에 어두운 잠실 고수부지에 울려 퍼졌다.

"꺄~ 아아아악~!"

삐~뽀! 삐~뽀! 삐~뽀!

한 소리는 아가씨의 비명 소리였고, 한 소리는 경찰차가 다가오는 소리였다.

‘도망갈까? 휴~ 어디로?’

도주를 포기한 동범은 배를 맞고 엎드려 피가 섞인 토사물
을 쏟아내고 있는 허종각을 다시 패기 시작했다.

이번에 동범이 노린 곳은 주로 눈이었다.

*　　*　　*

하품을 하며 조서를 받던 경찰관이 말했다.

“사람을 저 지경으로 만들어 놓으면 돼? 너 뭐야? 깡패야?”

“……”

“말을 안 하는 것이 능사가 아냐. 너 똥 밟았어.”

경찰관이 들고 있던 볼펜으로 허종각을 가리켰다. 허종각
이 경찰서를 헤집으며 길길이 날뛰고 있었다.

“너 이름 뭐야? 관등성명 대. 저 새끼 잡아 가둬. 콩밥을 먹
여야 해. 내가 누군 줄이나 알아? 앙? 우리 아버지가 국회의
원이라고. 두고 볼 거야.”

경찰관이 고개를 흔들었다.

“왜 쳐 맞았는지 안 봐도 뻔하다. 부모 빽 믿고 날뛰는 개
차반 새끼. 저런 놈이 가끔 가다 있어. 문제는 대부분 뻥인데
저놈은 진짜라는 거야. 진짜로 아버지가 국회의원이란다. 그
것도 여당 실세 중의 실세. 골치 아프게 됐어. 그런데 왜 팬

거냐?"

"……."

동범은 입을 다물었다.

거의 정년에 가까워져 보이는 경찰관은 그런 동범이 안쓰러운 듯 말했다.

"말 안하면 네가 독박 쓴다. 뭔가 시비가 있었을 것 아니야."

"전화나 한 통하게 해주십시오."

"왜? 너도 빽 있어? 변호사 부르게?"

"부탁드립니다."

공손히 부탁을 하자 경찰관은 한곳에 모아두었던 동범의 소지품에서 스마트폰을 꺼내주었다. 그리고 그를 당직실로 데려갔다.

"너무 시간 끌지 말고……."

"감사합니다."

경찰관이 나가자 동범은 노멘에게 전화를 했다.

'나에겐 힘이 있어. 힘을 사용할 거야. 모두 박살 내주겠어.'

전화를 받은 노멘의 목소리에 걱정이 서려 있었다. 날 생각해주는 사람이 있었다. 마음이 포근해졌다.

"지금 경찰서에서 조사를 받고 있잖아. 괜찮아?"

"괜찮아. 지금까지는……. 그건 그렇고, 날 보고 있는 거야?"

"당연하지. 형은 내 형이니까."

"네 말을 들으니 힘이 된다. 노멘, 허종각과 주변 인물들에 대한 모든 것을 파악해줘. 그리고 감시도 부탁해."

"이미 하고 있어. 그리고 경찰서에서 빼낼 방법을 찾아볼게."

"방법이 있겠어? 안 그래도 부탁하려고 전화했다."

"당연하지. 내가 누군데. 나! 노멘이라구."

"그럼 부탁해."

"오케이."

전화를 끊은 동범은 다시 스크리바에게 전화를 걸었다.

"스크리바. 동영상 찾아냈어?"

"네, 허종각과 황민국이 사용하던 클라우드 서비스에 저장되어 있는 것들을 포함해서 모두 245건 삭제했습니다. 복원은 불가능합니다."

"고마워. 그 동영상은 절대 인터넷상에 돌아다니면 안 돼. 잘 부탁해."

"알겠습니다. 걱정 마십시오, 주인님."

동범은 전화를 끊고 당직실을 나왔다.

허종각은 병원이라도 갔는지 보이지 않았다.

마음씨 착한 경찰관 덕분에 따뜻한 설렁탕 한 그릇으로 허기를 달랜 동범은 그날 밤을 차가운 경찰서 유치장에서 보냈다.

그날 밤 동범은 불편한 유치장에서 이상하리만큼 숙면을 취할 수 있었다.

그것은 어쩌면 이미 1년을 차가운 감옥에서 지낸 경험 때문인지도 몰랐다.

아니면 동범의 가슴속에 피어오른 어떤 결심 때문일 수도 있었다.

*   *   *

허인수 의원은 부들부들 떨리는 손으로 전화를 받았다.

전화를 건네주는 조선구 보좌관의 손도 떨리고 있기는 마찬가지였다.

10분 전 미리 통화를 알리는 미 대사관의 통보를 받고도 실감이 나지 않았었다. 하지만 미 대사관의 통보대로 정확히 10분 후 전화벨이 울렸다.

상대방이 먼저 자신을 소개했다.

"안녕하세요, 허인수 의원님. 전 콘돌리자 라이스라고 합니다."

"안녕하십니까, 미세스 라이스. 허인수입니다."

"미스터 허라고 불러도 될까요?"

"물론입니다, 미세스 라이스."

"리자라고 불러주세요. 친구들은 저를 리자라는 애칭으로 부른답니다."

콘돌리자 라이스가 애칭으로 불러달란다.

무릎에 힘이 풀려 주저앉을 지경이다.

콘돌리자 라이스가 누군가. 미 대통령 국가안보 특별보좌관을 거쳐서 스탠포드 대학교 부총장, 백악관 국가안보 보좌관, 국무부 장관을 거친 미 공화당의 실세 중의 실세 아니던가.

허인수 의원은 흥분을 가라앉히기 위해 마음속으로 심호흡을 했다. 다년간의 정치 경험이 머릿속에 경보를 울리고 있었다. 힘을 가진 자가 먼저 친분을 강조할 때는 무언가 원하는 것이 있다는 이야기다. 그리고 당연히 반대 급부도 있는 법이다.

이럴 때는 대범하게 나가야 한다.

"하하, 리자. 무슨 일로 전화를 주셨습니까?"

"미스터 허, 저는 먼저 미국과 대한민국의 우호와 협력관계에 당신이 보여준 헌신에 매우 고마워하고 있다는 말을 전합니다."

“당연한 일입니다. 대한민국과 미국은 동맹이니까요. 동맹.”

“그래서 저는 미스터 허가 미래의 양국관계의 증진에 더 큰 몫을 해주실 수 있다는 신념을 가지고 있습니다.”

신념. 좋은 말이다. 허인수는 기억에는 없지만 어젯밤 분명 용이 돼지를 먹고 똥통에서 뒹구는 꿈을 꾸었을 것이라고 생각했다.

미국이 대한민국의 차기 대권주자에게 이런 식으로 관계를 돈독하게 한다는 것은 정치에 몸담은 사람들에게는 상식이다.

보고 있는 조선구 보좌관만 없었다면 당장에라도 무릎을 꿇고 절을 하고 싶은 심정이었다.

감사함을 말로 전할 수밖에 없는 상황이 너무나 안타까웠다.

“감사합니다. 저도 그럴 능력이 있다고 자부합니다.”

“하지만 불행하게도 저는 2년여 전 당신의 주도하에 일어난 한 사건이 미친 파장이 미래의 발전에 걸림돌이 되고 있다는 것을 알게 되었습니다. 안타까운 일입니다.”

“리자, 무슨 말입니까? 사건이라니요?”

“콩고의 다이아몬드 말입니다. KCDDC 건을 모르신다고 하지는 않으시겠지요?”

"……"

"처음부터 허점이 너무 많은 이야기였습니다. 추정 매장량 4억 2천만 캐럿을 공인해준 기관은 외교통상부의 보도자료 뿐이었더군요. 뒤늦게 광물 평가기관인 MSA의 기술보고서가 공개됐지만 여기에도 매장량은 없었죠. 저희가 조사한 바에 의하면 평균 10톤 가량의 흙, 바위 등을 캐면 0.5캐럿[0.1g] 정도만 보석용 다이아몬드가 생산되는 상업성 여부가 극히 불분명한 광구였습니다."

"……"

이 무슨 육개장에 개고기 들어간 이야기란 말인가.

해외 자원으로 한탕 해먹은 정치인이 자기 혼자만도 아닌데 한국도 아닌 미국에서 걸고넘어질 이유가 없지 않은 가.

허인수가 안 그래도 몇 가닥 남지 않은 머리를 쥐어뜯으며 고민을 하든 말든 콘돌리자 라이스는 조용한 어조로 이야기를 계속했다.

"또 한 가지 간과된 중요한 사실은 콩고가 '킴벌리 프로세스'에 가입되어 있지 않아 다이아몬드 원석의 수출이 불가능한 국가라는 점이에요."

그래도 정치밥 30년이다.

허인수도 '킴벌리 프로세스'가 어떤 협약인지는 안다.

'킴벌리 프로세스'는 분쟁지역의 무기구입 자금원이 되는

‘블러드 다이아몬드’의 유통을 막기 위한 국제협약이다. 이 협약에 가입되어 있는 전 세계 70여 개국은 다이아몬드 원석의 수출입시 반드시 출처를 송장에 밝혀야 한다.

콘돌리자 라이스의 말은 이어졌다.

“하지만 귀국의 외교통상부는 콩고의 다이아몬드 수출 자체가 불가능함에도 불구하고 별도의 검증없이 서둘러 보도자료를 배포해 주가폭등을 견인했더군요. 미스터 허의 수완이 대단했습니다.”

미국이 콩고를 걸고 넘어졌다.

혹시나 콩고 광산이 미국에서 눈독을 들인 물건이 아닌가 하는 생각이 들었다. 하지만 이유야 어떻든 간에 부인해야 했다. 여기서 산통을 깨뜨릴 수는 없다.

“저하고는 상관이 없는 일입니다.”

“호호호~! 제 말에 오해가 있었던 모양이군요, 미스터 허. 저는 정치를 하면서 약간이 자금을 조성하고 그것을 국가를 위해 쓰는 일을 매도할 만큼 막힌 사람이 아닙니다. 정치를 하고 나라를 운영하다 보면 당연히 필요한 부분이지요. 다만 이미 어둠속으로 묻혀 빛을 보지 말아야 할 사안이 수면 위로 떠오르고 있는 것을 걱정해서 진실한 우정을 담아 드리는 말씀입니다.”

“수면으로 떠오른다고요? 이미 1년 전 모두 끝난 일입니다.”

미국은 외교부가 없는 나라이다.

그들은 세계의 외교를 국내 문제로 다룬다. 그래서 한국의 행정안전부 격인 국무부 장관이 외교의 수장을 맡고 있다. 전 세계를 대상으로 미국의 이익을 대변하는 위치에 있던 콘돌리자 라이스의 달변에 허인수는 스스로 1년 전 사건을 인정하는 실수를 범하고 말았다.

"미스터 허의 문제가 아닙니다. 미스터 허 주니어의 문제입니다. 주니어는 1년 전 모든 책임을 졌던 남자와 약간의 트러블을 겪고 있습니다. 저는 아무것도 아닌 일이 기자들의 눈에 띄어 새로운 이슈로 부각되는 것을 경계하라는 충고를 친! 구!로서 드리는 겁니다."

"아~ 그렇군요. 그렇군요. 감사합니다. 알아보고 바로 조치를 취하겠습니다."

"자칫 민감할 수도 있는 사안을 곡해하지 않으시고 넓은 아량으로 받아들일 줄 아는 미스터 허의 대범함을 공화당 지도부에 전달하겠습니다. 공화당은 언제나 귀하가 몸담고 있는 뉴누리당의 영원한 동반자입니다."

"당연합니다. 관심 감사드립니다. 앞으로도 미국의 이익을 위해 최선을 다하겠습니다."

의도적인지 실수인지 모르지만 한나라의 국회의원이 해서는 안 되는 말까지 내뱉은 허인수는 전화기를 들고 태평양 건

너 어딘가에 있을 콘돌리자 라이스에게 90도로 고개를 숙였
다.

'나도 모르는 아들 일까지 꿰뚫고 있을 줄이야. 역시 미국
은 미국이야. 모르는 것이 없어. 휴~ 식은땀이 다 나네.'

전화를 끊은 허인수는 땀에 흥건히 젖은 손바닥을 양복바
지에 닦았다.

"종각이 이 자식 얼른 들어오라고 해. 그리고 종각이가 콩
고 일로 무슨 일을 저질렀는지 알아봐."

"그것이……."

"아는 것 있어?"

조선구 보좌관은 허인수 의원에게 자초지종을 설명했다.
조선구 보좌관의 설명을 들은 허인수 의원이 헛기침을 했다.

"미친 새끼. 감옥에 쳐 넣었으며 됐지 여자는 왜 건드려서
이런 평지풍파야? 그리고 푼돈 2억 뭐하려고? 미치겠구먼. 당
장 고소 취하하고 돈도 돌려줘. 뒷말 안 나오게 깔끔하게 처
리해."

"알겠습니다, 의원님. 걱정 마십시오. 말끔하게 처리해놓
겠습니다. 그런데 무슨 일입니까?"

허인수 의원은 의기양양하게 말했다.

"미국이 날 지켜보고 있어. 그리고 내 실수까지 미리 커버
해주고 있어. 그 의미가 뭔지 알겠어?"

"그렇다면……? 의원님 감축드립니다. 아니 의원님이 아니지, 각하~!"

조선구 보좌관의 허리가 90도로 꺾였다.

"하하하하하~!"

허인수 의원은 호탕한 웃음을 터뜨렸다. 의원회관 창밖으로 보이는 여의도의 풍경이 오늘처럼 아름다운적은 없었다.

'이제 여의도가 아니라 세종로 1번지로 가야지. 암~! 암!!'

서울특별시 종로구 세종로 1번지는 바로 청와대의 주소였다.

*   *   *

마스크로 가린 허종각의 입은 댓발이나 튀어나와 있었다. 아버지 허인수는 이번 사건을 무조건 무마하고 없었던 일로 하라고 엄명했다. 민혜림에게 고개를 숙이고 돈도 돌려주라고도 했다.

"닝기리, 무슨 속인지 알 수가 있나. 아파 죽겠네. 때린 곳을 또 때려. 씨~"

아버지에게 대들었다가 얻어맞아 시퍼렇게 멍든 눈이 시큰거렸다. 공교롭게도 허인수가 때린 곳은 동범에게 맞은 오른쪽 눈이었다.

'이렇게 끝낼 수는 없어.'

허종각은 이를 악다물었다. 그것은 실수였다.

동범에게 맞아 앞니 8개가 몽땅 빠지고 흔들리고 있었다. 허종각은 자신의 부주의를 비명으로 갚아야 했다.

"악~!"

*   *   *

경찰관은 희한한 일이라는 듯 동범의 어깨를 두들겨 주었다.

"그 자식이 엄청 잘못했긴 했나 보네. 스스로 고소를 취하다니 말이야. 게다가 허인수 의원한테도 잘 부탁한다고 직접 전화가 왔었어. 경찰 생활 20년 만에 이런 일은 처음이야."

"평소에도 높은 곳에서 압력이 많이 옵니까?"

"그렇지 뭐. 말해 뭐해. 속상하니까 그만두자고. 그건 그렇고 조심해. 그런 놈들일수록 비열하게 뒤통수치는 것이 다반사니까."

경찰관은 끝까지 동범의 걱정을 해주었다. 보기 드물게 마음씨가 착한 경찰관이었다.

고마운 마음에 깍듯이 인사를 한 동범은 하룻밤을 지냈던 경찰서를 떠나 집으로 향했다.

"고마워, 노멘. 그런데 어떻게 한 거야?"

"인간이 가진 허영심과 권력욕, 그리고 약점에 약간의 희망을 잘 버무린 결과지. 효과 만점이던걸?"

"정말 궁금한데?"

"녹음파일 업로드 해놓을게. 시간 나면 들어봐."

"알았어. 들어볼게."

노멘은 하루하루 눈이 보이도록 성장하고 있었다. 동범을 경찰에서 꺼낸 계획을 짜고 실행에 옮긴 수단만 봐도 그 점은 확실했다.

동범은 스스로를 채찍질했다.

자신도 노멘에게 어울리는 사람이 되어야 한다는 각오였다.

*　　　*　　　*

동범은 노멘이 녹음해준 음성파일을 듣다가 그대로 잠이 들었다. 한참을 곤히 자던 동범을 깨운 것은 민혜림으로부터의 전화였다.

민혜림은 다짜고짜 말했다.

"엊그제 일은 잊어줬으면 해."

"……."

"실수였어. 사람은 모두 실수를 하고 살아."

"돈은 어떻게 하고?"

"이자 쳐서 돌려받았어. 그러니 미친개에게 물린 셈 치면 되. 다시 말하지만 잊어줘. 날 사랑했다면 그 정도는 해줄 수 있겠지? 소문나면 가만히 안 있을 거야."

대단한 여자다.

허종각이야 동범의 문제라고 쳐도, 괜히 신경 써서 민혜림의 일까지 들쑤신 일이 후회되기까지 했다. 하지만 민혜림은 동범이 대학시절부터 쫓아다녔던 여자고 그녀가 허종각에게 당한 것도 어쩌면 자신에게서 비롯된 일이다. 동범은 그녀가 원하는 대답을 해주었다. 어차피 다시 볼일은 없었다.

"그런 일은 없을 거다."

"믿을게. 그리고 연락하지 마. 끊는다."

이제 남은 정도 없었다. 동범은 민혜림을 기억에서 지워버렸다.

"밥이나 먹자. 먹고 죽은 귀신이 때깔도 좋다더라."

한잠 자고 일어났더니 어느덧 저녁이다. 아침부터 먹은 것이 없어 배가 고팠다. 밥통을 열어봤자 하지 않은 밥이 있을 리 없다. 라면이라도 끓여볼까 생각했지만 그나마 남아 있는 것도 없었다.

나가는 것도 귀찮았다.

역시 이럴 때는 중국 음식이 최고다.

"짬뽕밥하고 탕수육 작은 것 한 개. 그리고 빼갈 작은 걸로 한 병요."

기름진 음식에는 빼갈이 최고다. 동범은 만족스러운 미소를 지으며 컴퓨터를 켰다. 그리고 음식이 오기 전까지 노멘이 번역해준 '상아의 서'를 읽기 시작했다.

상아의 서는 예상과는 달리 네크로노미콘에서 쏟아져 나온다는 괴물을 봉인하는 책이 아니라 '마나'라는 이름을 가진 힘을 동력으로 이용하는 원리와 사용 방법을 소개하는 일종의 기술문서였다.

현대로 따지면 전기의 원리와 건전지를 만드는 방법, 라디오를 만드는 방법, 전구를 만드는 방법, 전열기를 만드는 방법이 적혀 있는 책이라고 할 수 있다.

어차피 허무맹랑한 내용이라 동범은 그런 내용보다는 서문에 쓰여 있는 상아의 서를 만든 사람들의 역사에 더 관심을 가졌다.

상아의 서의 서문은 초고대문명의 성립과 그 흥망을 다루고 있었다.

아틀란티스 문명이 태동하기도 전 먼 옛날 '콤봄'이라는 국가가 있었다.

콤봄은 '옛것', 즉 올드 원이라 불리는 창조주들에 의해 만들어진 인간들이 그들의 창조주를 섬기며 사는 곳이었다. 인간들은 창조주들이 알려준 마나를 사용하는 방법을 발전시켜 찬란한 마도 문명을 이루었다.

하지만 영광의 시대도 잠시, '그레이트 올드 원' 즉 위대한 옛것들이 지구에 도착했다. 그레이트 올드 원들은 옛것, 즉 올드 원들과도 다른 존재였다. 우주적 차원의 절대자였던 그들은 불과 얼음으로서 인간이 세운 문명을 말살했고 대항하는 올드 원들을 남극으로 몰아냈다.

상아의 서는 당시 남극으로 쫓겨 들어간 인간들의 지식을 집대성한 일종의 백과사전이었다.

글로서는 흥미진진한 이야기다.

아틀란티스가 등장하고 인간을 창조한 외계인이 나온다. 더불어 인간을 창조한 외계인을 쫓아내는 더 힘센 외계인도 등장한다.

상아의 서가 설명하는 마나의 개념을 이해할 수는 없었지만 고대문명, 오파츠, 잃어버린 도시, 수정 해골, 지하의 외계인은 동범의 흥미를 끌기 충분했다. 동범이 상아의 서에 푹 빠져 있을 때 초인종이 울렸다.

시킨 음식이 온 모양이었다.

"빨리 왔네."

지갑을 챙긴 동범은 문을 열었다. 문밖에는 검은 양복을 입은 남자들이 몇 명 서 있었다.

"누구십니까?"

물어보는 동범의 얼굴로 다짜고짜 주먹이 날아왔다. 동범은 반사적으로 날아오는 주먹을 쳐냈다. 그리고 어깨로 문을 밀어 닫으려 했다.

"밀어!"

그 힘에 동범은 방으로 밀려들어가며 나뒹굴었다.

아파트로 밀고 들어온 남자들은 모두 4명이었다. 검은 양복을 깨끗하게 차려입은 남자들은 어울리지 않게 손에 쇠파이프며 각목을 하나씩 들고 있었다.

그중 우두머리로 보이는 남자가 조용히 말했다.

"조져."

남자들이 달려들어 몽둥이를 휘두르기 시작했다.

동범은 기다시피 뒤로 물러나며 몸을 피했다.

그 바람에 탁자에 올려두었던 컴퓨터 모니터가 쓰러졌다. 모니터에 달아놓은 웹 카메라의 빨강 불빛이 깜박였다.

무자비한 몽둥이질이 시작되었다.

동범은 손으로 머리를 감싸 안고 몸을 새우처럼 구부렸다.

픽!

퍽!

퍼~ 퍽!

가린다고 가렸지만 머리가 깨져 나가고 손가락이 부러졌다.

고통이 워낙 빠르게 반복되니 고통을 느낄 사이도 없었다.

동범이 비명조차 못 지르고 끙끙대고 있을 때 한 남자의 목소리가 들렸다.

"다 끝난 줄 알았어? 앙? 감히 내 몸에 손을 대?"

집으로 마스크를 쓴 허종각이 들어서고 있었다.

동범은 엉망이 된 얼굴로 동범은 허종각을 바라보았다. 허종각은 그런 동범을 발로 툭툭 차면서 말했다.

"옛날 같았으면 난 귀족이고 넌 천한 쌍것이란 말이야. 분수를 알아야지. 어디서 기어올라, 기어오르길."

"네가 가진 것은 모두 부모로부터 물려받은 것일 뿐, 스스로 이룬 것은 하나도 없어. 말은 그럴싸하게 하지만 넌 최강의 찌질이일 뿐이야."

찌질이란 대꾸에 허종각이 동범의 입을 발로 찼다.

퍽!

"크윽~!"

두세 개쯤 이빨이 박살 난 모양이다. 피투성이가 된 동범을 보고 허종각이 말했다.

"현대판 귀족이란 거지. 옛날에는 귀족과 노예가 있었어. 어느 날 귀족들은 생각했지. 노예를 부리는 것이 귀찮았거든. 밥 줘야지. 때 되면 입혀야지 결혼시켜야지. 현명한 귀족들은 생각했지. 저들에게 스스로 자유스럽다고 착각하게 하자. 그러면 스스로 충성을 다할 것이다."

"……."

"이게 자본주의야. 알아? 너희 같이 천한 것들이 아등바등 돈을 벌 때 100억만 은행에 집어넣어 놓으면 대대손손 잘 먹고 잘살 수 있는 세상. 자본주의와 민주주의의 미명 아래 노예들의 반란도 걱정 없고 얼마나 편한 세상이야."

미친놈이다. 확실히 미친놈이다. 하지만 묘하게도 허종각의 말은 일리가 있었다.

"노예가 반란을 일으키면 팔다리를 잘라서 나무에 매달았어. 하지만 미개인도 아닌데 그럴 수야 없지. 대신 사지를 모두 박살 내주지."

말을 마친 허종각이 고개를 끄덕였다.

양복들이 다가왔다.

두 명이 동범을 잡고 또 한 명이 다리를 책상에 걸치고 고정했다. 그리고 동범의 입에 굴러다니던 양말을 쑤셔 박더니 망설이지 않고 쇠파이프를 휘둘렀다.

빠~ 각~!

"그으으윽~!"

한 번도 경험하지 못해본 격렬한 고통이 전신을 강타했다. 동범이 기절하지 않은 것은 어쩌면 고통이 너무 심해서일지 몰랐다.

양복들은 전문가들이었다. 그들은 기계적으로 움직였다.

또 하나의 다리가 부서졌다.

그리고 왼팔이 그 뒤를 이었다.

양복들이 마지막 남은 오른손을 잡았다.

땅동!

땅동!

그때 초인종이 울렸다.

동범은 더 이상 견디지 못하고 의식을 잃어버렸다.

제6장
마나

NOMEN
노멘

동범이 의식을 차리고 가장 먼저 본 것은 하얀 천장이었다.
뒤이어서 사지에서 스스로 허를 씹은 듯한 고통이 밀려왔다.

몸을 뒤척이려 했지만 돌덩어리에라도 눌린 듯 무거웠다.
몸 전체가 딱딱하게 고정된 기분이었다.

"움직이면 안돼요."

겨우 눈동자를 돌려 보니 간호사의 모습이 보였다. 그녀는
상황에 걸맞지 않게 환하게 웃고 있었다.

"왼팔하고 양다리가 복합 골절됐어요. 흔히 부러졌다고 하
죠. 지금은 철심으로 고정한 상태예요."

“제가 어떻게 된 거죠?”

앞니도 없었다. 그래서인지 발음이 샜다.

“중국집 배달부가 발견했대요. 경찰이 도착했을 때 당신은 꼭두각시 인형처럼 팔다리가 제멋대로 뒤틀려 기절해 있었다고 하더군요. 경찰들이 당신이 깨어나길 학수고대하고 있어요.”

동범은 고개를 돌려 자신이 상태를 파악했다.

오른팔은 자유로웠으나 왼팔과 양다리는 석고로 고정되어 허공에 매달려 있었고, 몇 개의 수액이 치렁치렁 몸에 꽂혀 매달려 있었다.

동범이 뒤척거리자 간호사가 베개를 바로잡아 주며 물었다.

“개인적으로 궁금해서 그런데 어쩌다 그렇게 된 거예요?”

동범은 간호사의 질문에 대답하지 않고 대신 가장 궁금한 점을 물었다.

“나을 수는 있는 겁니까?”

“그 질문에는 내가 대답해야겠군요.”

질문에 대답한 사람은 간호사가 아니라 그녀의 뒤에서 웃으며 나타난 중년의 의사였다. 그는 환자를 안심시키는 것이 자신의 가장 중요한 의무인양 온화한 말투로 말했다.

“재활을 열심히 하면 정상으로 돌아갈 수 있습니다. 워낙에 깨끗하게 부러져서요. 하지만 그 과정은 힘들 겁니다.”

“…….”

동범은 눈을 감았다.

그리고 앞으로 무엇을 어떻게 할 것인가에 대해 생각했다.

경찰은 처음부터 고려의 대상이 아니었다. 경찰은 믿을 수 없었다. 아니 경찰 개개인은 믿을 수 있어도 경찰 조직은 믿을 수 없었다.

어떤 수를 써서든 복수를 해야 했다.

역시 노멘이다.

동범은 노멘을 좀 더 적극적으로 이용하기로 마음먹었다.

그의 결정은 경찰의 취조 과정에서도 여실히 드러났다.

동범은 경찰에게 배달부인줄로만 알고 문을 열었고, 갑자기 들어온 일단의 남자들에게 린치를 당했다고 증언했다. 그리고 남자들이 누군지는 짐작도 가지 않는다고 말했다.

경찰들도 깊은 수사를 할 생각은 없어 보였다. 그들은 동범의 선택이 옳다는 것을 누누이 강조하며 사건을 마무리 지었다.

남은 것은 재활 과정이었다.

동범이 한 가지 자랑할 수 있는 자신의 특성이 있다면 그것은 인내심이었다. 그는 그의 특질을 확실히 발휘했다.

그는 재활 의학과의 첫 번째 손님임과 동시에 최후의 환자

였다. 눈뜨고는 볼 수 없는 노력을 지켜본 담당 간호사가 동
범을 가리켜 이렇게 말했다.

"동범 씨 같은 환자를 딱 한 번 본 적이 있어요. 그는 결혼
을 2주일 앞둔 43세의 노총각이었어요."

동범은 그녀의 질문에 이렇게 답했다.

"제가 43살까지 노총각이면 김 간호사님에게 청혼할게
요."

"말은 고마운데 그 나이면 우리 아들이 첫 손자를 안겨줄
나이가 될 거예요."

동범은 동범대로, 노멘은 노멘대로 바빴다.

노멘은 동범의 말에 따라 허종각에 대한 감시를 멈춘 것을
자책했다. 노멘은 웹 카메라로 동범이 린치를 당하는 모습을
모두 지켜보았고, 경찰에 신고를 했고, 양복들의 신원까지 모
두 확인한 상태였다.

동범은 특실에 입원했다.

모든 치료비는 노멘이 지불하고 있었다. 동범이 자금의 출
처를 물었을 때 노멘은 다음과 같이 대답했다.

"CIA가 운용하는 비합법 작전용 자금이에요. 케이먼 군도
의 계좌에서 234번의 자금 세탁을 거친 돈이니 걱정하지 않
아도 되요."

노멘은 다시 말했다.

“행동 수칙 5번과 6번을 상기하세요. 5번은 인간을 해치지 않는다. 그리고 6번은 5번 항목에서 인간이 형이나 노멘을 해치려 하는 경우는 예외다라고 명시되어 있어요. 저는 행동 수칙에 따라 CIA의 비합법공작부대나 특수전사령부(USSOCOM) 산하의 특수부대들, 연합특전사 산하의 델타포스, 해군특수전연구발전단(DevGru) 등을 동원할 생각도 해보았어요.”

“데브그루면 오사마 빈 라덴을 사살한 팀이잖아. 미군이 한국에 어떻게 들어올 수 있어?”

“들어올 수 있고, 들어와 있어요. 한국에 거주하는 CIA 작전국 소속 요원은 모두 66명이에요. 이 숫자는 대사관 근무자를 뺀 숫자입니다.”

“미치겠구만.”

“형이 죽었으면 전 실행에 옮겼을 거예요. 하지만 형이 죽지 않은 이상 먼저 형의 동의를 얻어야 한다는 결론에 다다랐어요.”

“잘했어. 정말 잘했어.”

동범은 안도의 한숨을 내쉬었다. 잘못하면 미국과 한국 사이에 전쟁이 벌어질 수도 있었다. 솔직히 말해서 자신이 죽고 난 후라면 전쟁이 벌어지든 말든 상관없지만 그렇더라도 섬뜩한 것은 사실이다.

“일단 몸을 만들자고. 몸은 만든 다음 복수를 할 거야.”

“알았어요. 그리고 제가 판단하기에 상아의 서는 상당한 신빙성과 타당한 논리구조를 가지고 있어요. 개인 단위에서 첫 장과 마지막 984페이지까지의 모든 구절을 완벽하게 상상해내는 것은 불가능해요. 거기다 존재하지 않는 문자 체계와 숫자 체계는 덤이에요. 전 형이 잘 읽어보고 익히길 바라요.”

“마나를 믿으라고? 내공을 믿는 것이 더 현실적이지 않을까?”

“이미 말했지만 기에 비하면 마나는 확실히 타당한 이론이에요. 문제는 현대의 기구로는 구현이 힘들다는 점이에요. 형이 성공한다면 확실한 힘이 되어줄 것이 분명해요. 속된 말로 어디 가서 얻어터지고 다니지는 않을 거란 이야기죠.”

“노력해볼게.”

약속을 했으니 노력하는 시늉이라도 해야 한다.

노멘은 확실하게 하려는 듯 동범의 병실로 태블릿 PC를 보내주었다.

어쩔 수 없이 동범은 상아의 서를 읽을 수밖에 없었다.

*　　　*　　　*

상아의 서의 첫 번째 장은 ‘마나’란 무엇인가에 대해 설명하고 있었다.

마나는 마(Ma)와 나(Na)로 이루어진 입자(粒子)다. '마'는 물질과 물질이 간섭하게 하는 힘이다. 그리고 '나'는 물질과 물질이 결합하게 하는 힘이다.

'마'의 간단한 예는 테이블에 손바닥을 내려치는 행동에서 볼 수 있다. 테이블을 손바닥이 통과하지 못하는 것은 '마'가 작용하기 때문이다. '나'는 '마'와 반대의 힘이다. 촛불을 켰을 때 방이 밝아지는 것은 '나'의 작용이다. '마'는 한 장소에 두 개의 물질이 공존하지 못하게 하고 '나'는 한 장소에 두 개의 물질이 작용하게 한다.

마법은 '마'와 '나'를 이용해서 물질 특성을 바꾸고 분해하고 결합하는 방법이다.

동범은 혀를 찼다. 도무지 알아먹을 수 없는 개념의 연속이다.

동범은 만능 천재 울트라 슈퍼 하이퍼 컴퓨터에게 물어보기로 했다. 그가 선택한 것은 노멘이 아니라 그나마 만만한 스크리바였다.

"스크리바. 설명 좀 해봐."

"양자역학에서 모든 입자는 페르미온(Fermion)과 보존(Boson)으로 나눌 수 있습니다. 제가 보기에 '마'는 페르미

온이고 '나'는 보존과 성질이 유사합니다."

스크리바의 설명도 이해 불가능한 것은 마찬가지였다.

동범은 포기를 선언했다.

'편하게 읽히는 대로 이해하자. 노멘이 입자라고 번역했지만, 사실 수만 년 전의 용어가 현대의 언어, 그것도 물리학 용어로 번역되어 같은 뜻이라는 법은 없어. 입자를 눈에 보이지 않는 작은 물체로 생각하면 되는 거야. 두 개의 입자가 하나는 단단하게 해주고 하나는 분해하게 한다고 생각하면 간단한 거야. 그리고 한자리에 공존할 수 있고. 암!'

마음을 편하게 먹기로 했다.

동범은 상아의 서에서 설명하는 내용을 가슴 그대로 받아들이기 위해 노력했다.

'우선 가장 우선되어야 할 일은 마나에 친화적인 신체를 가지는 것이다.'

상아의 서는 마나를 이용하기 위해서는 인간이 마나를 느껴야 한다고 설명하고 있었다.

'하지만 방법이 영 마음에 안 들어. 하지만 어쩔 수 없지.'

동범은 스크리바에게 부탁해 상아의 서에서 요구하는 물품을 배달시켰다.

배달되어온 물건, 즉 각얼음을 특실에 딸린 욕조에 쏟아부은 동범은 이를 악물었다.

"노멘, 마난지 뭔지와 친해지지 않기만 해봐."

"어디까지나 전적으로 형의 선택이야. 책임을 넘기지 말아
줘."

"너 요즘 부쩍 말대꾸가 는 것 같더라."

"형 닮아서 그래. 크크크."

동범은 절반쯤 채운 차가운 물에 가득 담긴 각얼음 속으로
몸을 담갔다.

"무식해! 말도 안 돼! 미친 짓이야!"

"솔직히 말해서 나도 그렇게 생각해, 형."

"……."

대꾸를 할 수 없었다. 예리한 칼날로 피부를 여미는 듯한
고통이 엄습해왔다.

간호사가 체온을 재기 위해 병실로 들어온 것은 동범이 얼
음 욕조에 들어간 지 1분여가 지나서였다.

동범이 보이지 않자 욕실로 들어온 간호사는 소스라치게
놀랐다.

"이동범 씨! 미쳤어요?"

"으으으윽! 아뇨, 완전히 정상입니다. 크윽."

"정상인 사람이 얼음 속에 들어가 있어요. 얼른 나와요. 큰
일 나요."

"으윽, 안 그래도 나갈 참입니다. 그런데 그렇게 보고 있으

면 못나가잖아요."

동범은 손으로 자신의 나체를 가리켰다.

비로소 동범의 상태를 깨달은 간호사가 얼굴이 빨개져서 뛰쳐나갔다.

얼음물에서 나온 동범이 다음으로 한 일은 4개를 빙 둘러 켜놓은 전열기들의 중심으로 들어가는 일이었다.

그렇게 냉탕과 열탕을 오가는 수련을 1시간 반복했다.

사실 엄동설한에 얼음을 깨고 물속에 들어가고 눈에 알몸으로 몸을 부비는 훈련은 군 시절 혹한기면 의례히 실시하던 훈련이라 견디기 쉬웠다.

동범을 더 환장하게 만든 것은 이렇게 한 시간을 냉탕과 열탕을 오가고 나서 해야 하는 일이었다.

케일, 신선초, 컴프리, 비트, 샐러리, 알로에, 야콘, 미나리, 치커리, 돗나물, 씀바귀, 민들레, 당근, 부추, 시금치, 양배추, 브루커리, 근데, 쑥, 솔잎 등 모두 55가지. 상상할 수 있고 구할 수 있는 녹황색 채소는 모두 들어 있는 녹즙 1리터는 동범의 상상력을 마비시켰다.

"사과나 배라도 들어 있으면 마시기가 좋을 것 같은데. 녹즙에 첨가한 것이라곤 수정가루와 진주가루 뿐이니……."

"잎과 뿌리만 가능하다고 나와 있어. 잎과 뿌리는 에너지를 빨아들이는 부분이고 과일은 에너지를 사용하는 부분이라서 사용할 수 없다고 해. 그리고 수정가루와 진주가루는 나도 어디에 쓰이는지 모르겠어.”

“맹장염에 걸리지 않을까? 미치겠네.”

“그냥 쭉 마셔. 몸에도 좋을 것 같은데…….”

동범은 눈을 질끈 감고 방금 만들어 배달된 녹즙을 들이켜기 시작했다.

“우욱～!”

썼다.

정말 썼다.

토하고 싶을 만큼 썼다.

뱃속이 전쟁이라도 만난 것처럼 요동치기 시작했다. 동범은 그날 밤 항문이 헐만큼 설사를 쏟아내야 했다.

그날이후 동범의 담당 의사는 팔다리가 부러지면 머리에 이상이 올 수도 있는지에 대한 심각한 학문적 고민에 빠져야 했다.

동범은 하루에 9번씩 녹즙을 마시고 얼음탕과 열기찜질을 반복했다. 1주일이 지나자 담당 의사는 특실환자의 이상한 행동을 포기하기에 이르렀다.

이해하기 힘든 결과가 나타나서다.

몇 달은 걸리리라 예상했던 재활기간이 단 일주일 만에 끝나버렸다.

의사는 동범에게 녹즙을 한 병 얻어 그의 방법을 시험해보기로 결정했다. 하지만 결과는 더 쏟아낼 것 없이 깨끗해진 장과 그 덕분에 말끔해진 피부뿐이었다.

그가 간과한 것은 동범이 한 사이클을 마치고 나서 빼먹지 않고 하는 체조였다. 체조는 요가와 닮아 있었지만 엄밀히 말해서 알려진 어떤 신체단련법과도 괘를 달리하는 이상한 동작으로 이루어져 있었다.

팔로 다리 사이를 통과해서 새끼손가락으로 역시 발의 새끼발가락을 자극하고, 발을 머리로 들어 올려 관자놀이를 만지는 동작들로 이루어진 체조를 하면 창피해 죽을 만큼 기묘한 자세가 된다.

하지만 창피도 잠깐, 얼굴에 철판을 깔고 계속하자 신체가 스스로도 놀랄 만큼 변하기 시작했다.

먼저 몸이 정상으로 돌아왔다.

불편했던 왼팔과 다리들이 가뿐해졌고 피부에 탄력이 생기고 몸에 활력이 넘치기 시작했다.

단지 몸만 정상으로 돌아온 것이 아니라 감각도 극도로 예민해졌다.

병실로 간호사나 의사가 들어오기 전에 등골이 오싹해지는 경우가 생기기 시작했다. 상아의 서에서는 그런 현상이 마나를 느끼기 시작하는 전초 단계라고 기술하고 있었다.

　　　　　*　　　　*　　　　*

　지루한 병원생활이 끝났다.

　퇴원을 한 동범은 인터넷에서 몇 가지 물건들을 구입했다.
노멘도 몇 가지 물건을 보내주었다.

　청담동에 나가 팔자에도 없는 명품 브랜드의 옷과 구두도
구입했다. 그리고 렌트카 회사에서 BMW 7시리즈를 렌트했
다.

　마지막으로 김선화의 통화 내역을 바탕으로 알아낸 초희
의 고객들 중 외국여행을 나간 인물의 이름으로 예약도 끝마
쳤다.

　그가 문전박대 당했던 예전의 기억을 되살려 옷부터 차에
이르기까지 철저하게 준비하고 찾아간 곳은 초희였다.

　복수의 시작은 김선화부터였다.

　"이래서 비싼 차 비싼 차 하는구나. 액셀러레이터에 발을
얹기만 해도 튀어나가."

　"형, 집 팔면 이 차 살 수 있어. 뭐 유지는 별도의 문제지
만……."

　"그래도 5억은 하는 집이야. 설마 유지도 못하려고."

　"일 년 보험료가 400만 원이야. 기름값, 세금은 당연히 별

도고……."

"그럼 페라리나 람보르기니 같은 슈퍼카들은?"

"1,700만 원 이상~!"

"쿵~!"

"흐흐흐흐~!"

"웃지 마! 속 쓰리다."

생전 처음 타보는 고급승용차에 몸을 싣고 도착한 초희는 서초구 내곡동 산자락에 아득히 들어앉은 고급스러운 건물을 사용하고 있었다.

동범은 입구에 차를 대고 주변 경관을 살폈다.

초희는 강남이라는 지역의 땅값을 무시하는 넓은 정원과 잘 갖추어진 조경이 고즈넉한 분위기를 풍기고 있는 곳이었다. 아무리 못해도 이 정도 규모면 땅값만 해도 100억대는 족히 넘을 것 같았다.

발렛파킹을 하고 건물 입구로 들어가자 양복을 차려입은 지배인이 동범을 맞아주었다.

"예약은 하셨습니까?"

"네, 했습니다. 김춘삼 씨로 되어 있을 겁니다."

"네 분 예약 확인됐습니다. 준비된 방으로 모시겠습니다."

개량한복을 곱게 차려입은 여종업원이 앞장서서 동범을 방으로 안내했다. 방에 들어서자 먼저 통유리로 된 창밖으로

은은한 조명에 아름답게 가꿔진 정원의 모습이 한눈에 들어
왔다.

가구들이나 각종 인테리어 소품들도 범상치 않은 포스를
뿜어내고 있었다.

한쪽 벽은 은빛 자개로 고급스럽게 상감된 장이 차지하고
있었고, 기타 문갑이나 작은 가구들도 모두 화려한 자개장들
이었다.

"다른 분들은 늦으시나 보네요."

"흠, 사정이 있어서 오늘 못 온다고 연락을 받았습니다."

"그럼 어떻게……. 예약을 취소해드릴까요?"

"아닙니다. 예약한대로 내주십시오. 오늘 한번 포식해보
죠."

동범은 스마트폰을 꺼내 와이파이를 검색했다. 개방된 와
이파이는 없었지만 초희에서 사용하는 듯 보이는 암호로 보
안된 인터넷 전화의 신호가 검색되었다.

"가능하겠어?"

"당연합니다."

동범의 질문에 스크리바가 대답했다.

보통 인터넷 전화는 1차 비밀번호와 더불어 보안설정 기능
인 Access List나 Call—barring을 이용하여 보안수준을 높인
다.

하지만 그런 행동도 숙련된 해커의 침입을 막지 못하는 상황에서 스크리바의 해킹을 막을 방법은 전무하다고 해도 좋았다.

"인터넷 전화가 사용하는 공유기에 연결된 컴퓨터는 모두 3대입니다. 그중 2대의 컴퓨터가 작동중입니다. 그런데 이상한 프로그램이 발견되었습니다."

"이상한 파일? 야동이라도 있는 거야?"

"아닙니다. 마이크로폰이 각 룸에 설치되어 있고 마이크로폰은 컴퓨터에 연결되어 있습니다. 아마도 각 룸에서 행해지는 대화를 녹음하려는 목적으로 판단됩니다."

"……"

종잡을 수 없다.

초희의 사장 김선화와 허종각의 아버지 허인수 의원과 연관이 있다는 사실은 밝혀졌다. 하지만 초희에서 도청파일이라니 목적이 짐작도 가지 않는다.

"모두 다운로드받아서 분석을 해줘."

"문제가 있습니다."

"뭔데?"

"mp3파일이 지금 켜져 있지 않은 컴퓨터에 저장됩니다. 내용을 확인하려면 그 컴퓨터가 켜져 있거나 아니면 직접 켜고 다운로드하셔야 합니다."

초희의 손님들은 정치가, 기업가, 관료들이 대다수다.

그들의 대화를 은밀하게 녹음한다는 것은 분명 뒤가 구린 행동이거나 무언가 의도가 있는 것이다.

"감시하다가 그 컴퓨터가 켜지면 다운로드할 수 있지 않을까?"

"초희의 규모와 설립년도, 손님들의 분포, 그리고 예약상황을 종합해 볼 때 대화 내용은 기가바이트 분량일 것으로 추정됩니다. 다운로드가 가능하지만 그 시간은 족히 20분 이상이 걸립니다. 만일 관리자가 있다면 바로 다운로드 상황을 알아차릴 것입니다."

"그렇다면……."

"직접 다운로드받는 것이 최선입니다."

야들야들 아삭한 열무와 제주도산 고사리에 살짝 구운 더덕을 찢어 올리고 막걸리 식초와 향기 좋은 간장드레싱을 살짝 뿌린 샐러드로 시작된 식사는 아무리 폄하하려 해도 감탄사가 절로나올 만큼 정갈하고 맛있었다.

"진짜 맛있다. 한식이면서 한식 같지가 않아."

"장난해? 내가 절대 모르는 감각이 사랑하고 음식 맛인 것 몰라?"

"사랑은 나하고 하고 있잖아. 그것이 사랑이야. 맛은 솔직히 나도 모르겠다. 미각센서라도 있으면 달아줄게."

"약속이다."

"응~!"

동범은 음식을 서빙하는 아가씨의 놀란 눈초리는 무시한 채 4인분씩 서빙되는 음식을 모두 게 눈 감추듯 먹어치웠다.

동범이 요리를 4인분씩 해치워나가자 처음에는 불편하게 쳐다보던 종업원이 말을 걸어주기 시작했다.

"정말 잘 드시네요."

"이렇게 맛있는데 안 먹을 도리가 있습니까? 다른 손님들은 이런 말 안 해요?"

"다들 오시면 말씀에 바쁘셔서……."

"흠, 음식에 대한 예의가 아니죠. 어머니도 그러셨죠. 밥상머리에서 떠들면 복 달아난다고."

"호호호호~! 젊은 분이 별소리를 다하시네요. 그나저나 주방장님이 인사를 하고 싶다는데 괜찮으시겠어요? 워낙에 잘 드신다고 말씀드렸더니 꼭 뵙고 인사드리고 싶다고 여쭤보라 하시네요."

"제가 영광이라고 전해주십시오."

잠시 후 예상보다 훨씬 젊은 주방장이 들어왔다. 이런저런 이야기를 나누고 동범은 10만 원권 수표를 건넸다.

일식집에서 의례히 건네는 팁이 생각나서다.

주방장은 단칼에 동범의 돈을 거절했다.

"아닙니다. 제 요리를 잘 드서주셨으니 그것만으로 기쁠 뿐입니다. 사실 손대지 않고 그대로 돌아오는 요리들을 보면서 나름 자괴감에 빠졌었습니다. 그래서 특별히 잘 드신다는 이야길 듣고 뵙고 싶었을 뿐입니다."

보기 드물게 건실한 젊은이다.

동범은 기꺼운 마음으로 이어지는 식사를 즐겼다.

*　　*　　*

며칠 뒤 동범은 다시 초희로 향했다. 이번에는 장안동에서 구입한 소형 SUV가 발이 되어주었다.

"솔직히 겁난다."

"걱정 마십시오. 무인경비시스템 회사에서는 초희의 경보를 인지하지 못합니다. 그리고 해킹한 초희 내부에 설치된 열선 감지기의 정보로 미루어 보아 내부에는 한 명도 없습니다."

"말은 잘한다. 도둑질을 하는 사람들의 심장은 무엇으로 되어 있을까? 이렇게 떨리는데……."

"스탠포드 대학의 심리학 박사 조너슨 아이슈너의 연구에 의하면……."

"됐어, 됐어. 그냥 그랬다는 말이야."

동범은 담 위에 올라서기 전에 불안한 마음으로 담을 둘러 설치된 적외선 센서를 바라보았다.

담에 설치된 적외선 감지기를 선두로 경량벽의 파손을 감지하는 펜스감지기, 창문의 계폐를 감지하는 자석감지기, 유리창의 파손을 감지하는 유리감지기 그리고 내부의 침입자를 체온으로 감지하는 열선감지기까지 초희에는 일개 식당치고는 과할 정도의 도난방지 시스템이 설치되어 있었다.

"감시 카메라는?"

"녹화된 영상을 조작해서 새로 업로드할 거야. 다시 말하지만 감시 시스템은 상관하지 말고 별채에 있는 컴퓨터를 켜서 안에 있는 데이터를 확보하기만 하면 돼."

동범은 반신반의하며 월담을 했다. 초희는 외진 곳에 있었고, 숲에 둘러싸인 곳이라 담을 넘는 행위 자체는 어렵지 않았다.

"오른쪽으로 가."

"오른쪽? 날 보고 있는 거야?"

"그래. 걱정 마."

사실 노멘은 고정되어 있는 감시 카메라 정도가 아니라 상상하기 힘들 정도의 자원을 동원해 동범을 주시하고 있었다.

먼저 노멘은 미국 군사위성 데이터 시스템 네트워크에 접속한 후 국가정찰국의 컴퓨터를 장악했다. 그리고 휴전선 상공에 있던 정찰위성의 궤도를 틀어 초희 상공으로 이동시켰다.

노멘이 슬쩍한 정찰위성 KH−13은 10㎝의 광학해상도와 1m의 레이더 해상도, 적외선 카메라를 장비한 세계 최고의 군사위성이었다.

동범은 별채에 도달했고 전자식 도어 키로 잠긴 문 앞에 섰다.

"회사는 '퍼펙트 락' 모델명은 DR−2331."

"보내준 오프너에서 회사와 모델명을 선택하면 돼."

동범은 매고 있던 가방에서 스마트폰처럼 생긴 박스를 꺼냈다. 그리고 화면에서 회사와 모델명을 선택했다.

"이걸 도어 락 위에 가져다 대면된다고?"

"그래. 오프너는 내부 회로를 교란시켜 입력되는 숫자가 옳다고 믿게 만들어. 그러니 이름이 오프너지."

"죽인다. 007이 따로 없군."

이 기계는 노멘이 CIA에서 사용하는 침입키트라고 보내준 물건 중 하나였다.

문이 열리는 데는 몇 초의 시간만이 필요했다.

"이 기계가 밖으로 유출되면 난리 나겠다. 웬만한 아파트는 내 집처럼 드나들 수 있으니."

"그럴 일은 없어."

별채의 사무실에서 컴퓨터를 찾아내는 일은 쉬웠다.

암호가 걸려 있었지만 일단 부팅이 된 이상 노멘에게 퍼스널 컴퓨터 정도의 보안을 뚫는 일은 컴퓨터를 찾는 일보다 더 쉬운 일이었다.

"USB 메모리 카드를 꽂았어."

"예상보다 용량이 많아. 약 24기가바이트. 복사시간은 50분 정도 걸릴 것 같아."

미리 준비한 USB 메모리가 32기가바이트짜리이니 용량은 충분했다. 이제 지루한 기다림의 시간만이 남아 있었다.

떡본 김에 제사지낸다고 동범은 별채를 구경하기 시작했다.

초희의 고객 중에서도 아주 특별한 손님들을 대상으로 운영된다는 별채는 본관과도 다른 화려함의 극치를 보여주고 있었다.

입을 벌리고 구경을 하던 동범은 디지털 도어락으로 잠긴 문 하나를 발견했다. 집 안에 다시 자물쇠를 잠글 정도의 방이란 사실이 동범의 호기심을 자극했다.

오프너를 사용해서 문을 연 동범은 그 문이 지하실로 내려가는 계단으로 통하는 문이란 사실을 알 수 있었다.

초희의 별채는 본관과 멀리 떨어져 있는 단층건물이다. 단

층건물에 지하실이 없으라는 법은 없지만 묘한 위화감이 느껴졌다.

계단 아래보이는 지하실의 문은 어울리지 않게 철문이었다. 철문은 두꺼운 전자자물쇠로 굳게 잠겨 있었다.

이번 자물쇠를 여는 것도 금방이었다. 오프너는 전자식 도어 락을 여는 도깨비 방망이나 다름없었다.

철문을 열고 들어간 지하실은 예상외로 창고였다.

창고 안에는 10개 정도 되는 사과박스가 차곡차곡 쌓여 있었다.

"별거없잖아. 그런데 왜 꼭꼭 잠가놓은 거야?"

의문은 박스를 열어보고 나서야 풀렸다.

박스 안에는 신사임당이 선명하게 인쇄된 5만 원짜리 지폐가 차곡차곡 담겨져 있었다.

"……."

발행된 5만 원권 지폐의 80퍼센트가 유통되지 않고 잠자고 있다는 기사를 읽은 적이 있다.

그런 돈은 모두 이런 지하실에서 쓰일 날을 기다리며 잠자고 있을 것이 분명했다. 그리고 이런 검은돈이 정상적인 경로로 벌어들인 돈일 가능성은 만에 하나, 천만에 하나도 없었다.

분통이 터졌다.

사전 조사에 의하면 이 돈은 김선화의 것이 아님이 분명했다.

김선화는 그리 유복한 가정에서 태어나지도, 그렇다고 특별한 사업을 한 적도 없었다. 초희가 아무리 고급 한정식집이라고 해도 한 끼 식사가 50만 원 정도다. 용의 비늘을 빼내는 재주가 있어도 이런 돈을 모으는 것은 불가능했다.

김선화는 연예인 지망시절 허인수 의원을 만났고 후원을 받으며 내연 관계를 맺었다. 돈의 주인은 허인수일 것이 분명했다.

그리고 허인수는 KCDDC 경우와 같은 사기로 이런 거액의 돈을 모았을 것이다.

'전부 먹어치울 거야.'

결심은 확고했고 죄책감은 전혀 없었다.

1년의 몸값이라고 생각하면 오히려 부족했다.

박스는 모두 12개였다.

동범은 타고 온 SUV에 사과박스를 옮겼다.

힘은 들었지만 보람은 있었다. 파일 복사도 완료되었다. USB 메모리를 뺀 동범은 유유히 초희에서 사라졌다.

*　　*　　*

가져온 박스 한 개에 들어 있는 돈은 모두 11억이었다.

꿀꺽.

목이 탔다. 마른 침을 삼킨 동범은 냉장고에서 맥주 한 캔을 꺼내 단숨에 들이켰다.

가져온 박스가 12개니 모두 132억이라는 거금이 눈앞에 있었다.

"노멘, 남은 증거는 없겠지?"

"초희 인근 접근할 수 있는 모든 감시 카메라와 교통 카메라의 영상을 지웠어. 이 아파트 주변도 마찬가지야."

"액수가 너무 커서 배탈 나겠다."

"소화제 먹음 되지."

"썰렁해. 무슨 정신으로 돈을 그렇게 보관했을까?"

"며칠 전 보도에 의하면 세금을 포탈한 강남의 한 성형외과 의사 집에서 5만 원권 지폐로 32억 원이 발견됐대. 의외로 그런 경우가 많을 수 있다는 증거지."

"도적놈들……. 전부 사형시켜야 해."

이제 벌을 내릴 차례다.

계획대로 첫 번째 순서는 김선화였다.

"노멘, 김선화 이름으로 프랑스나 영국쯤에 편도 항공권을 예매해줘. 그것으로 충분할거야."

"직접 손을 더럽히지 않겠다는 거네."

"똥은 무서워서 피하는 법이 아니야."

거액의 현금을 보관하는 문제는 생각보다 어려웠다. 허인수처럼 집에 보관할 수는 없었던 동범은 궁리 끝에 결국 기발한 생각을 해냈다.

"노멘, 가짜 신분을 만들 수 있을까? 하지만 불법이라서……."

"그렇게 생각하지 않아. 형. 규약의 다섯 번째 항목은 인간을 해치지 않는다. 여섯 번째 항목은 다섯 번째 항목에서 인간이 동범이나 노멘을 해치려 하는 경우는 예외다. 공격당했을 때 스스로를 보호한다잖아. 난 현 상황이 두 항목에 정확히 일치한다고 생각해. 당연히 우린 스스로를 방어해야 하고 형이 말한 신분 문제는 폭넓은 의미에서 방어의 일환이야."

노멘은 자신의 생각을 논리적으로 풀어놓았다.

사실 동범이 허종각과 일당에게 테러를 당한 이후 노멘이 느낀 상실감은 대단한 것이었다. 노멘은 다시는 무력하게 동범이 당하는 모습을 보지 않을 거라 다짐하고 있었다.

그래서 방어에 대한 규약을 폭넓게 해석하기로 결정한 상태였다.

동범도 노멘의 말에 찬성하지 않을 이유가 없었다.

"네가 그렇게 생각한다면 나야 좋지. 어쨌든 가능하다는 이야기기네?"

"그래, 형. 복잡하지만 가능해. 몇 명이나 필요해?"

"한 30명이면 되려나?"

"알았어. 만들어 둘게."

노멘이 가공의 인물을 만드는 방법은 대범했다. 먼저 정부 행정 전산망에 새로운 인물을 창조한다. 일의 편의를 위해 노멘은 가상의 인물들을 모두 고아로 설정했다.

주민등록번호가 생기면 각각의 인물에 부여한 역사에 걸맞은 흔적을 만든다. 몇 건의 금융거래 기록도 만들고 인터넷 커뮤니티에 세월을 거슬러 댓글도 달아둔다.

심지어 전과 기록까지 만들어둔 경우도 있었다.

남은 일은 최종적으로 각 은행에 그들의 이름으로 된 계좌를 생성하고 그 계좌에 돈을 입금하는 일 뿐이었다.

동범은 일단 현금 입출금기를 통해 생성된 계좌에 약간의 돈을 입금했다. 그리고 계좌가 설치된 각 은행을 순회하며 통장과 현금카드, 보안카드를 재발급받았다.

마지막으로 돈을 적당한 액수로 쪼개 입금했다.

물론 동범이 다녀간 후 은행의 보안 카메라는 모두 조작되었다.

그렇게 대부분의 돈을 입금하는 일에 꼬박 한 달이 소요되었다.

모든 일은 동범의 의중대로 흘러가고 있었다.

동범이 다녀간 후 며칠 뒤 돈이 사라진 사실이 허인수 의원의 귀에 들어갔다. 허인수 의원은 득달같이 초희로 달려갔다.

*   *   *

돈이 사라진 사실을 안 허인수 의원의 분노는 상상을 초월한 것이었다. 그는 김선화에게 의심의 화살을 돌렸다.

김선화는 눈물로 결백을 호소했다. 사실이 그랬다. 그녀는 결백했다.

하지만 허인수 의원은 그녀의 진실을 믿어주지 않았다.

폭력이 말을 대신했다.

"말하고 싶어요. 저도 알고 싶다구요."

"이런 배은망덕한……. 너, 파리행 항공권을 끊었더라. 그것도 편도로. 왜? 도망가려고?"

허인수가 씩씩거리며 김선화의 코앞에 항공권을 흔들었다.

온통 엉망이 된 얼굴로 그 모습을 바라보는 김선화는 좌절했다. 분명 잘 짜인 음모였다. 자신은 그 음모의 희생양이었다.

문제는 어떤 방법으로도 자신의 결백을 증명할 수 없다는 점이었다.

　허인수는 고개를 숙이고 모든 것을 포기한 김선화에게 망설이지 않고 각목을 휘둘렀다.

　"김선화는 아무것도 모르는 것 같습니다."

　"내 생각도 그래. 절대 단순 절도범은 아니야. 경비시스템에도 흔적이 없고, 경찰을 통해서 알아본 주변 감시 카메라도 깨끗해."

　"혹시 어른께서……."

　"입조심해. 어른이 자기 돈을 왜 훔쳐? 말이 된다고 생각해?"

　"하도 어이가 없어서 드리는 말씀입니다. 3겹의 비밀번호를 모두 아는 분은 의원님과 어르신뿐 아닙니까?"

　"그것이 문제야. 어르신이 이 사실을 알면 날 의심할 텐데……. 좋은 방법 없겠어?"

　허인수는 심각한 표정으로 말했다.

　조선구 보좌관이 한 가지 방법을 생각해냈다.

　"일단 비밀로 하시고 검찰 쪽에 내사를 부탁하시죠."

　"검찰은 절대 안 돼. 바로 어르신께 보고가 들어갈 거야."

　"결국 당장은 의원님의 돈으로 채워놓으시는 수밖에 없다는……."

"미쳤어? 내가 그런 큰돈이 어디 있다고?"

조선구의 말에 허인수가 펄쩍 뛰었다. 자신은 관리인이지 주인이 아니다. 그의 재산 대부분은 어르신의 것이었다. 물론 싹싹 긁어 모으면 못 만들 돈은 아니었지만 그럴 생각은 없었다.

사라진 132억 원을 두고 허인수 의원의 고민이 깊어져 갈 때 그를 살리는 동아줄과 같은 전화가 걸려왔다.

전화를 건 주인공은 콘돌리자 라이스였다.

그녀는 대뜸 말했다.

"미스터 허, 저희의 인내심을 시험하시는 건가요?"

"…무……. 무슨 말씀이신지……?"

"몰라서 묻는 건가요?"

"정말 모르겠습니다, 리자."

"리자라고 부르지 마세요. 리자는 저의 친한 친구들이 절 부르는 애칭이에요. 그리고 제 친구들은 절대로 실수를 저지르지 않는답니다. 특히 중대사를 앞두고 말입니다."

콘돌리자 라이스의 목소리는 싸늘했다.

"먼저 그렇게 불러달라고 하셨었는데……. 무슨 말씀이신지……."

"감히 저에게 따지는 겁니까? 그건 미스터 허가 그럴 능력이 있을 때 적용되는 일입니다. 전 미스터 허가 대한민국을

다스릴 능력이 있다는 기존의 판단을 수정할 것을 심각하게
고려하고 있습니다."

"죄송합니다. 죄송합니다."

어르신의 돈을 잃어버린 일만해도 골치가 아픈데 이젠 미
국으로부터의 후원도 잃어버릴 상황이다.

허인수의 허리가 폴더처럼 접혀졌다.

"이번 실수는 정말 큽니다. 당신이 어르신이라고 부르는
인물의 물건은 어떻게 하실 요량입니까?"

"그것이… 그게……."

"나라를 다스리려면 매사에 정확하고 확신이 있어야 합니
다. 다시 묻겠습니다. 대처방안은 무엇입니까?"

모든 것을 다 알고 있었다.

'혹시, 미국의 짓 아닐까?'

번뜩 의심이 들었다.

그도 그럴 것이 미국이면 완벽하게 흔적을 지우고 그 돈을
가져갈 능력이 충분하고도 남았다.

허인수 의원은 고개를 설레설레 젓는 행동으로 자신의 생
각을 부정했다.

132억이 많은 돈이지만 미국에게는 푼돈이다. 더군다나 자
신을 후원하기로 해놓고선 벼랑 끝에 몰아넣을 이유가 전혀
없었다.

이젠 사실을 말해야 했다.

이렇게 전화를 해왔다는 사실로 미루어 보아 미국은 자신에게 원하는 것이 있었다.

허인수 의원은 다시 한 번 허리를 굽혔다.

"솔직히 방법이 없습니다. 살려주십시오."

"미국은 미스터 허의 능력에 관심이 많습니다. 그런 미스터 허가 아랫사람들의 실수로 나락으로 떨어지는 것은 원치 않습니다. 그래서 한 가지 방법을 생각해 보았습니다. 물론 그 방법을 미스터 허가 실행할 의지가 있는지가 문제 되겠지요. 물론 그 일만 성사되면 사라진 물건은 미국이 책임지고 채워놓도록 하겠습니다."

"무엇이든 하겠습니다. 방법만 일러주십시오."

"미스터 허는 분명 국방위 소속이었죠?"

"…그렇습니다만……."

콘돌리자 라이스는 비로소 방법을 알려주었다. 그녀가 일러준 방법은 허인수를 고민에 빠뜨렸다. 방법은 간단했지만 분명히 불법이었다.

그래도 해야 했다.

미국은 자신을 시험하고 있었다.

그는 나 혼자만의 행동이 아니라는 불편한 사실로 스스로를 변호했다. 그의 주변에는 한국인이면서도 미국의 이익을 위해 행동하고 사고하는 사람들이 넘치도록 많았다.

　다음날 국회에 나간 허인수는 국방부에 요청해 차세대 전
투기 선정에 관한 심사 자료와 진행계획 일체를 넘겨받았다.
　총8조3천억 원 규모의 차기 전투기 선정계획은 미국의 록히
드 마틴사에서 개발한 F—35와 역시 미국의 보잉사의 F—15SE,
유럽항공방위우주산업(EADS)의 유로파이터 타이푼 중 60대의
전투기를 구매하는 사업이다.
　그중 타이푼은 이미 선정에서 탈락한 것이나 마찬가지였
고 남은 것은 록히드 마틴의 F—35와 보잉사의 F—15SE 두
기종이다.
　일급비밀이란 빨간 도장이 선명한 서류들을 일일이 핸드
폰 카메라로 찍은 허인수는 통보받은 강남의 고급 일식집으
로 향했다.

　식당 카운터에 앉아 초밥을 먹고 있던 동범은 허인수가 허
겁지겁 식당으로 들어서는 모습을 보고 비릿한 미소를 지었
다.
　떡밥은 던져졌고 허인수는 물었다. 이제 남은 일은 허인수
가 파멸하는 모습을 구경하는 일이다.
　복수이긴 하지만 허인수가 너무 한심했다.

"우리나라 국회의원 맞아?"

"이해가 안가네. 국회의원이면 민의를 대표하는 사람이잖아. 자신의 이익을 위해 주가를 조작하고 국가를 저렇게 쉽게 배신하는 사람을 어떻게 뽑을 수 있지?"

"그렇지? 나도 이해가 안 돼. 어디서부터 꼬였는지 답답할 따름이야."

노멘의 질문에 동범은 쉽사리 답을 하지 못했다.

대중은 어리석다.

그리고 쉽사리 망각하고 자신의 이익만을 추구한다.

민주주의에서 국민의 선택은 이론의 여지없이 절대 '선'이지만 그 방향성이 항상 옳다고 볼 수 없는 것이 사실이다.

'히틀러도 국민의 투표에 의해 선출되었으니까.'

답답했지만 해답은 없다.

"준비는 끝난 거지?"

"응, 국정원과 기무사 요원들이 일식집을 포위하고 있어. 허인수가 들어간 방 옆방 손님도 요원들이야."

동범은 조선구의 이름과 목소리로 국정원과 기무사에 허인수 의원의 반역행위를 고발했다. 당연히 전화회선도 보좌관 조선구의 핸드폰으로 조작했다.

허인수가 방으로 들어가고 나서 잠시 후 금발의 미국인이 식당으로 들어왔다.

"록히드 마틴 한국지사 지사장, 토마스 브릴. 이제 됐다."

토마스 브릴 역시 노멘이 허인수를 사칭해 전화한 사람이다.

국회 국방위 소속 국회의원이 은밀하게 보자는데 마다할 군수업체가 어디 있겠는가. 그가 시간에 맞추어 달려온 것도 이상한 일은 아니다.

덕분에 잠시 고생은 하겠지만 그리 오래 가지는 않을 것이다. 토마스 브릴은 미국인이었고 그런 스캔들이 오래가는 것을 방치할 미국이 아니었다.

식사를 마친 동범은 일식집을 나섰다. 이제 쐐기를 박을 차례다.

그가 향한 곳은 허인수 의원이 살고 있는 100평이 넘은 주상복합아파트였다.

동범은 적당히 얼굴을 가리고 경비실에 여행용 캐리어 한 개를 맡겼다.

"5501호 허인수 의원님 앞으로 온 겁니다."

"여기 보낸 사람, 받을 사람 이름 적고 저기 두쇼."

경비원은 턱을 틀었다. 그의 턱이 가리킨 곳에는 몇 개의 박스가 쌓여 있었다.

"많이 오나 보네요."

"오늘은 적은 편이야."

동범은 발신인에 록히드 마틴 코리아라고 적었다. 그리고 두말 않고 자리를 떠났다. 캐리어 안에는 은행에 넣지 않고 남겨둔 5만 원권 현찰로 10억 원이 들어 있었다.

아파트를 나선 동범은 몇몇 신문사에 익명으로 허인수 의원이 국가 기밀을 팔아치우려다 국정원에 잡혔다고 제보했다.

*　　　*　　　*

국정원 안가로 직행한 허인수는 미치고 팔짝 뛸 노릇이었다. 그가 아무것도 모른다며 발뺌하는 로버트 브릴에게 비밀 서류를 찍은 핸드폰 사진을 메일로 보내주는 순간 요원들이 들이닥쳤다.

꼼짝없는 현행범이었지만 허인수는 굴하지 않았다.

"내가 누군줄 알고……. 너 관등성명 대. 이름이 뭐야? 아니다. 너희 원장부터 불러와. 안 불러와? 옷 벗고 싶어?"

"그만하시죠. 그리고 제 이름은 김재윤입니다."

김재윤이 인상을 썼다. 그래도 국회의원 아닌가. 평범한 외모지만 정보계통에서 잔뼈가 굵은 그는 허인수의 반응이 허탈하기까지 했다.

국가 기밀을 현장에서 팔아치우려다 현장에서 잡혔다. 솔직히 말해 국회의원만 아니었으면 주먹이라도 날리고 싶은 기분이다.

분을 꾹 참은 김재윤은 압수한 허인수의 핸드폰 꺼내 안에 든 사진들을 보여주었다.

"이게 뭡니까? 이 사진들은 왜 넘겨준 겁니까? 일급비밀이란 표시가 선명하군요."

"그것이……. 아~ 그래~ 국익을 위해서야, 국익을 위해서."

"일급기밀을 넘겨주는 것이 국익을 위해서라……. 지나가던 개가 웃겠습니다."

"나라를 위해 전투기 가격을 낮춰보려는 애국심의 발로지. 네깐 놈이 국익을 알아? 아냐고. 내 위치쯤 되면 이런 식으로 국익을 위해 일하는 경우도 있는 거야."

김재윤은 헛웃음을 쳤다.

"흥, 그래서 10억을 받아 쳐드셨군요. 국! 익!을 위해서. 나도 그런 국익 좀 해봤으면 원이 없겠수다."

"무슨 헛소리를……. 10억이라니……. 난 돈을 받은 일이 없다."

"증거가 있으니 헛소리 마시고……."

김재윤은 단칼에 허인수의 변명을 잘라버렸다.

증거가 너무 명백해서 웃음이 나올 정돈데 끝까지 오리발이다.

화가 머리끝까지 치밀었다.

사실 허인수 의원을 현행범으로 검거한 이후 주변 압력이 보통이 아니었다.

직속상관인 국정원장은 그를 불러 허인수 의원을 풀어주라고 노골적으로 말했다.

그것만으로도 분통이 터질 일인데 청와대 수석 중 한 명도 전화를 해왔다.

국회의원이니 국익을 위해 신중하라는 말이었지만 그가 느끼기에는 분명한 압력이었다.

김재윤은 허인수가 인간으로 보이지 않았다.

그에게 허인수는 국가기밀을 팔아먹었고, 권력을 동원해 그 사실을 무마하려는 인간 말종일 뿐이었다.

압력에 열받은 김재윤은 아는 기자에게 넌지시 정보를 흘려버릴까 고민했다. 그런 식으로 여론을 만들고 환기시켜 목적을 이루는 방식은 자주 사용하는 방법이다.

하지만 이번엔 그럴 필요가 없었다.

어찌된 영문인지 기자들이 먼저 그에게 전화를 걸어왔다. 그들은 허인수가 국가기밀을 록히드 마틴에 넘기다가 체포되었다는 사실을 알고 있었다.

"닝기리, 보안이 영망이야, 영망."

　일급비밀이 핸드폰에 찍혀 돌아다니는 일도, 그렇게 비밀
리에 체포된 현역국회의원의 소식이 실시간으로 기자들에게
알려지는 것도 모두 보안이 무너진 탓이다.
　김재윤은 답답한 마음에 애꿎은 담배만 축냈다.

　다음날 모든 신문과 방송이 여당의 실세이며 대통령의 좌
장격인 허인수 의원이 군수조달에 관련된 중요한 국가기밀을
미 기업에 팔아넘기다 현장에서 체포되었다고 대대적으로 보
도했다.
　현행범이니 국회의원의 불체포특권도 필요없었다.
　덧붙여 기자들은 신뢰할 만한 익명의 소식통 발언을 인용
해 청와대와 국정원장이 수사관들에게 압력을 가하고 있다고
주장했다.
　사실을 묻는 질문에 청와대는 노코멘트로 일관했다.
　이름을 밝히지 않은 청와대 관계자는 이번 사건은 어디까
지나 개인의 비리이고 오히려 그 사실을 사전에 막아낸 국가
정보원과 기무사령부의 완벽한 정보시스템을 치하해야 한다
고 말했다.
　게다가 지난 정부에서 무너진 국가안보를 바로잡은 공로
는 전적으로 현 정부와 대통령에 있다고까지 주장했다.
　얼토당토 않아보이던 관계자의 주장은 사건의 제보자가

허인수 의원의 보좌관인 조선구란 사실이 알려지면서 힘을
얻기 시작했다.
　돈에 눈이 먼 보좌관이 국회의원의 약점을 잡고 돈을 뜯어
내는 일은 국회 내에서는 일상다반사로 일어나는 일이기 때
문이다.

제7장
미
스
릴

NOMEN

노멘

유명한 집이라더니 커피가 무척 맛있었다.

"녹즙이 지겹기도 하고……."

동범은 여유롭게 테라스 자리에 앉아 지나다니는 행인들을 구경하며 커피와 브런치를 즐겼다.

햇살은 보기 드물게 따사로웠고 산들산들 불어오는 바람은 완연히 짧아진 여성들의 치마를 나풀거리게 했다.

"하~ 좋다."

허인수 의원을 나락으로 떨어뜨린 동범은 오랜만에 여유로움을 만끽하고 있었다.

이제 남은 것은 허종각뿐이다. 동범은 허종각을 파멸시킬 완벽한 시나리오를 쓰고 있는 중이었다.

"어디보자. 허인수도 끝장이군. 예상대로 록히드 마틴은 빠져나갈 것 같고……."

허인수는 미국과 콘돌리자 라이스의 이름을 댔지만 미친 사람 취급만 받았다. 록히드 마틴과 지사장 로버트 브릴은 자신의 결백을 강력하게 주장했다. 돈의 출처도 모르고 단순히 식사나 하자는 연락을 받고 왔을 뿐이란 설명이었다.

조사결과 로버트 브릴의 행적에는 의심할 만한 내용이 전혀 없었다. 그리고 10억의 출처도 불분명했다.

그렇다고 사건을 덮을 수도 없었다.

안 그래도 정권말 레임덕에 빠지고 있었던 대통령은 로버트 브릴이 무죄로 판결이 나면 치명상을 입을 상황이었다.

그때 반미 감정이 심각하게 자극되고 있다고 판단한 미국이 움직였다.

미국은 한국 정부에 이번 사건을 성과에 목마른 로버트 브릴 지사장의 단독 행동으로 결론을 내자고 제안해왔다. 증거 부족으로 로버트 브릴 지사장을 기소하기 힘들었던 한국정부도 미국의 제안을 흔쾌히 받아들였다.

"이놈이고 저놈이고……."

모든 진실을 알고 있는 유일한 사람인 동범은 혀를 찼다.

진실은 어디론가 숨어버리고 애꿎은 로버트 브릴만 희생
양이 되고 말았다. 동범은 머릿속에 로버트 브릴이란 이름을
새겨놓았다.

'당장은 힘들지만 언젠가는 빚을 갚을 일이 있을 거야.'

늦은 아침 겸 점심을 근사하게 먹은 동범은 금천구 가산동
으로 향했다.

그가 찾아간 곳은 실험용과 공업용 소형전기로를 제작하
는 한마정밀(汗馬精密)이란 이름의 작은 회사였다.

동범은 기계 공학과를 나왔고 기자가 되기 전 잠시 기계 공
장에서 일한 적이 있었다. 그래서인지 한마정밀의 분위기가
낯설지 않았다.

회사소개 팸플릿을 보니 한마정밀은 3채의 건물과 10여 명
의 직원으로 이루어진 작은 회사였다.

"작은 회사입니다. 그렇지만 기술력은 자부합니다."

직접 차와 팸플릿을 들고 나타난 40대 중반의 사장이 말했
다.

"4,000도 이상 가열할 수 있는 실험실용 소형 전기로가 필
요합니다. 용량이 클 필요는 없습니다."

"보통 사용되는 실험실용 전기로는 1,500도 정도가 보통입
니다. 4,000도까지 올리려면 비용이 많이 듭니다."

"상관없습니다. 비용과 시간은 얼마가 될까요?"

“이 정도면 기성품의 개조로는 어림도 없고 완전한 주문제
작품입니다. 정확한 견적은 뽑아보아야 하겠지만 2억 밑으로
나오지는 않을 것 같습니다. 설계 후 제작기간은 보름, 전부
해서 한 달은 주셔야겠습니다.”

즉석에서 대답을 하는 사장이 믿음이 갔다.

동범은 노멘이 만든 가공의 인물 중 한 명의 인적사항으로
계약서를 썼다.

사장이 계약서에 쓰인 이름을 보고 물었다.

“직접 쓰실 겁니까?”

“네, 그렇습니다.”

“실례가 안 된다면 어디에 쓰실지 여쭤 봐도 되겠습니까?”

“발명을 한번 해볼까 합니다. 그래서 초고온 전기로가 필
요하지요.”

“아직 젊으신데 대단하십니다. 하지만 전기로는 일반가정
용 전기로는 가동이 불가능합니다. 그 문제는 어떻게 하실 건
지.”

“……?!”

미처 예상하지 못한 걸림돌이다.

“공장을 임대해야겠네요. 복잡하군요.”

“단순히 공장을 임대하는 문제뿐만이 아니라 사업자가 아
니시면 세금이나 공업용 전기료 문제 등등 해서 불편한 일이

한두 가지가 아니실 겁니다.”

아닌게 아니라 문제다.

동범은 마나를 이용하는데 필수 불가결한 요소인 ‘미스릴’을 합금하려 하고 있었다. 미스릴은 마나를 집적하고 가두는데 필수적인 금속이었다.

사장이 동범이 고민하는 눈치를 보더니 조심스럽게 말했다.

“오해하지 말고 들으십시오. 마침 저희 회사에 놀고 있는 빈 건물이 한 개 있습니다. 그곳을 임대하시죠. 그렇게 되면 설치나 전기 등의 문제가 쉽게 해결될 것 같습니다.”

어차피 노는 건물이니 임대료나 받겠다는 생각인가보다.

듣고 보니 좋은 생각이다. 동범은 흔쾌히 승낙했다.

사장도 전기로 값도 받고 빈 건물도 임대하니 일석이조니 서로 좋은 결과다.

동범은 다시 계약서를 작성하고 1억을 계약금조로 입금했다.

그리고 기계와 금속에 해박한 지식을 가진 사장의 도움을 받아 필요한 기타 설비와 자재들을 구입하기 시작했다.

공장을 빌린 동범은 다음날부터 올림픽수영장 잠수풀에 나가 스쿠버 다이빙 자격증을 따기 시작했다.

동범은 부모님의 학비 부담을 덜어주기 위해 특전사 하사

관으로 군 복무를 마쳤다. 주특기는 저격수였지만 특수부대
원에게 스쿠버 다이빙과 고공 낙하는 필수 중에 필수였다.

기억은 지워져도 몸은 기억하는 법이다. 스쿠버 다이빙의
경우도 그랬다.

강사가 놀랄 정도로 빨리 자격증까지 딴 동범은 이번에는
인천공항으로 향했다.

"거짓말이기만 해봐."

"난, 책임없어."

"이 세상에 불로불사의 생명체가 있으리라곤 생각도 못했
어."

홍해파리라는 생명체가 있다. 인터넷상에서는 베라크니게
라고도 알려진 이 생명체는 길이가 1㎝도 안 되는 투명하고
몸 가운데 텅 빈 붉은 강장이 있는 해파리의 일종이다.

홍해파리의 가장 큰 특징은 불멸이란 점이다.

놀랍게도 홍해파리는 노화가 진행되어 죽기 직전 노화된
세포를 젊은 세포로 탈바꿈시킨다.

이는 노인이 죽음을 앞두고 아이로 변하는 것과 같았다.

"정확히 말하면 불로불사가 아니라 노화되면 다시 젊어진
다고 해야지."

"그게 그거지. 노멘, 너 점점 딱딱해진다. 많이 알아서 좋
겠다."

동범은 면세구역을 돌아보며 노멘과 노닥거렸다.

어쨌든 태어나서 처음으로 가보는 외국이다. 그것도 유럽.
동범은 잔뜩 들떠 있었다.

"내가 없을 때 허종각 건에 대한 사전준비 좀 잘 부탁해."

"걱정 마. 난 어디에도 있으니까."

"너 잘났다."

"잘났지. 암!"

"크크크크."

일등석을 타고 동범이 향하는 곳은 이탈리아의 로마였다.

로마에 도착한 동범은 떡본 김에 제사지낸다고 로마의 명
승지를 여행했다.

그리고 다시 국내선으로 갈아타고 이탈리아 반도의 남동
쪽, 장화를 닮은 이탈리아의 뒷 굽쯤에 해당되는 살렌토 반도
에 자리 잡은 풀리아 주의 브린디시로 향했다.

브린디시의 옛 이름은 브룬디시움(Brundisium).

풀리아 주의 주도 바리(Bari)의 남동쪽에 자리 잡은 중세와
현대가 공존하는 아름다운 항구도시다.

"죽인다."

태어나서 처음 보는 지중해는 아름다웠다.

해변을 끼고 조성된 석회암으로 지어진 고시가지와 짙푸
른 아드리아 해는 가히 절경이었다.

"브린디시는 고대 로마제국 시절부터 유명한 항구도시였어. 로마와 브린디시를 연결하는 아피아 가도 덕분에 동방무역의 중심지였거든."

잠시 관광을 한 동범은 해변의 다이빙 샵을 찾았다.

"홍해파리를 찾으러 왔습니다. 날 홍해파리가 사는 동굴로 안내해줄 수 있겠습니까?"

주인인 잘생긴 이탈리아 청년이 이상한 발음으로 이탈리아어를 떠듬거리며 말하는 동양인 청년을 신기한 눈초리로 바라보았다.

동범은 이탈리아 청년이 그러든지 말든지 노멘이 불러주던 통역을 듣고 발음을 따라하느라 정신이 없었다.

"따라와. 커피 마시려던 참이야."

청년은 동범을 가까이 있는 카페로 이끌어 진한 에스프레소 한 잔을 권했다.

"홍해파리를 보러 찾아오는 사람은 종종 있어. 유일한 불멸의 생물이니까. 하지만 홍해파리가 사는 곳은 해저동굴이야. 아주 위험한 곳이지. 너, 자격증은 있어?"

"응! 있지. 그리고 야간 잠수, 단독 잠수 다 해봤으니 걱정마라."

스쿠버 다이빙은 만일의 사태에 대비해 2인 1조의 페어가 기본이다.

청년은 신기한 생명체를 보듯 말했다.

"너 미쳤구나. 좋아. 내일 나랑 다이빙해보고 결정할게."

"오케이."

다음날 다이빙이 끝나고 로베르토란 영화배우 비슷한 이름을 가진 청년이 엄지손가락을 치켜세웠다.

"너 대단해. 완벽해. 도대체 지금까지 몇 시간이나 잠수한 거야?"

"하하하하."

군 경력이 자랑스러워졌다.

'취미로 하는 스쿠버 다이빙과 애초에 군사 목적으로 침투와 파괴를 위해 배운 다이빙은 질부터가 다르다고.'

어쨌든 테스트까지 받은 후에야 로베르토는 승낙했고 비로소 해저동굴로 향할 수 있었다.

홍해파리는 5억 년 전부터 진화를 멈춘 살아 있는 화석이었다. 5억 년 전이면 올드 원(old one:옛것)이 지구에 도착해서 그들만의 실험을 시작한 시기이기도 했다.

장대한 실험에 들어간 올드 원들은 한 가지 문제에 봉착했다.

유전자 조작을 통해 만들어질 노예들이 사용할 에너지의 부존재다.

이 시기는 아직 석탄이나 석유 등의 화석연료가 만들어지기 전인 시대다. 석탄이 만들어지려면 아직 3억 년이 더 흘러야 했다.

결국 올드 원들은 자신들의 에너지원을 앞으로 만들어질 인간들에게 줄 수밖에 없었다. 그것이 바로 마나다.

홍해파리는 마나를 담을 수 있는 유일한 금속인 미스릴을 제조하는데 필수 요소였다.

'고생이야, 고생.'

푸른 아드리아 해에 몸을 담그기 전 동범은 유백색 종이 한 장을 꺼냈다. 상아의 서에서 글씨가 적혀 있지 않은 부분을 뜯어낸 것이다.

이 특별한 종이가 없었다면 동범은 이곳에 오지 않았을 것이다. 이 종이는 홍해파리의 강장(腔腸)을 고정시키는 역할을 담당한다.

*　　*　　*

홍해파리가 나는 해저동굴은 수심 25m부근에 어두운 아가리를 벌리고 있었다.

동범은 로베르토의 손짓에 따라 수중 랜턴을 켜고 동굴 안으로 들어갔다.

　동범은 오로지 랜턴의 불빛에만 의지해 40m 정도를 더 들어갔다.

　동굴 안은 장관이었다.

　"……."

　랜턴의 불빛에 반사되어 신비롭게 빛나며 유영하는 홍해파리 때의 군무가 어둠을 배경으로 펼쳐졌다.

　로베르토가 엄지와 검지를 동그랗게 만들어 OK신호를 보냈다.

　동범은 유백색 종이를 꺼냈다. 그리고 홍해파리들을 종이에 흡착하기 시작했다. 이 정도 대규모 군락이면 두세 번의 잠수면 모두 흡착을 할 수 있을 것 같았다.

　흡착을 시작한지 10여 분이 지났을 때 랜턴을 비춰주고 있던 로베르토가 동범의 어깨를 툭툭 쳤다.

　로베르토는 두 사람이 들어온 동굴 입구 쪽을 가리켰다.

　"……."

　고개를 돌려보니 눈을 뜨기 힘든 광량의 서치라이트가 보였다. 눈을 사시로 뜨고서야 겨우 서치라이트의 주인을 찾을 수 있었다. 그것은 조그마한 잠수정이었다.

　잠수정 옆에는 10여 명 정도로 보이는 다이버들의 모습도 보였다.

　불빛에 모여들었던 홍해파리들이 흩어지기 시작했다. 불

빛도 불빛 나름인 것이다.

로베르토가 고개를 저었다.

그리고 손을 가슴 부위로 가져가서 엄지손가락을 펴고 흔들었다. 올라가자는 신호다.

동범도 동의했다.

홍해파리는 흩어졌으니 더 이상 작업이 불가능했다. 마침 산소통도 비어가고 있었다.

"저런 무식한 놈들……."

배로 올라온 로베르토가 욕설을 내뱉었다.

"무슨 일이지?"

"어디 부잣집 귀부인이 홍해파리 구경을 나온 듯싶어."

물론 스쿠버에 어떤 장비를 사용하든지는 개인의 자유다. 로베르토가 열받아 하는 것은 서치라이트였다.

해저동굴은 그 자체로 폐쇄적인 또 하나의 세상이다. 그런 생태계에 뛰어들 때는 각별한 주의를 기울여야 한다.

로베르토는 랜턴을 준비할 때도 빛이 분산되는 제품으로 준비했었다. 하지만 나중에 들어온 매너없는 다이버들은 자동차 헤드라이트마냥 직진하는 서치라이트를 사용했다.

두 사람이 탄 배 옆에는 저들이 타고 온 것으로 보이는 전장 100m는 족히 되어 보이는 거대한 크루즈 보트가 떠 있었다. 말이 크루즈 보트지 저 정도 규모라면 보트란 말이 어색

한 초호화 요트다.

요트에는 스쿨드(Skuld)라는 이름이 금색의 필기체로 멋들어지게 쓰여 있었다.

'어디서 본 이름인데……. 스쿨드라……. 아~! 맞다.'

북유럽 신화에는 인간의 운명을 관장하는 3명의 여신이 등장한다. 노른(Norns)이라고 불리는 세 명의 여신은 과거를 담당하는 울드(Urd), 현재를 담당하는 베르단디(Belldandy) 그리고 미래를 담당하는 스쿨드란 이름을 가지고 있다.

"맥주나 마시자."

로베르토가 하얀 이를 드러내며 웃었다. 시원한 맥주를 받아든 동범도 로베르토를 따라 웃었다.

맥주는 푸른 아드리아 해와 멀리 보이는 하얀색 석회암 절벽의 기막힌 풍광을 제외하더라도 정말 맛있었다.

한국에 거주하는 외국인들이 한국맥주를 오줌보다 조금 나은 맛이라고 한다는 말을 들은 적이 있었다. 당시는 무슨 소리인가 했지만 지금은 단언할 수 있다. 한국맥주는 똥이었다.

＊　　＊　　＊

로베르토가 고개를 설레설레 저었다.

그리고 양손을 몸 앞에서 서로 교차했다. 글렀다는 의미다. 동범도 고개를 끄덕여 동의했다.

다음날 아침 일찍 들어간 해저동굴에는 홍해파리의 모습이 보이지 않았다. 전혀 없는 것은 아니지만 어제와 같은 군락은 사라지고 한 마리, 혹은 두 마리가 군데군데 유영하고 있을 따름이었다.

'그놈들이 무슨 짓을 한 거야.'

그렇다고 포기할 수 없었다. 두 세 번의 잠수면 목표량을 충족할 것이라는 예상은 산산이 부서졌고 지루한 홍해파리 잡이 노가다가 시작됐다.

그렇게 유백색 종이에 빡빡하게 홍해파리의 붉은 강장(腔腸) 부착을 완료한 것은 예정보다 훨씬 시간이 소요된 일주일이 지나서였다.

"잡히기만 해봐."

"홍해파리들이 모두 놀라서 깊숙이 숨었나봐. 어쩔 수 없는 일이지. 잠수시간에는 한계가 있어 더 깊이는 못 들어가니 말이야."

"동범, 수고했어."

"무슨, 로베르토가 수고했지. 너를 잊지 못할 거야. 페어를 해줘서 고마워."

"바다를 사랑하는 사람은 누구나 같은 거야. 언젠가 네가 추천한 제주도에서 다시 잠수하자."

그렇게 이탈리아를 떠난 동범은 아드리아 해를 건너 슬로베니아로 향했다.

*   *   *

동범은 길이가 20㎞가 넘는 깊이를 자랑하는 슬로베니아에서 가장 긴 석회동굴 포스토이나 동굴에 와 있었다.

"멋져."

"나도 동영상을 실시간으로 볼 수 있었으면 좋겠어. 인터넷상의 사진과 형의 말만으로는 너무 답답해."

"내가 좀 더 자세히 설명할게. 그리고 방법을 찾아보자."

"응!"

"우선 동굴 입구는 예상과는 달리 무슨 중세의 저택처럼 생겼어. 이 동굴이 발견된 때가 1213년 이래. 그래서인가봐. 이제 동굴투어를 할 거야. 일반인에게 개방된 구간은 총길이 20.57㎞에서 5㎞ 구간 정도래. 그중 2㎞는 동굴투어 기차를 타고 갈 거야. 이제 끊어야겠다. 핸드폰 신호가 달랑달랑이다."

"조심해."

성을 닮은 입구를 지나니 바퀴가 달린 바닥에 덩그러니 노란색 의자만 놓여 있는 동굴투어 기차가 기다리고 있었다.

기차는 갖가지 조명으로 기기묘묘한 아름다움을 뽐내는 종유석과 석순, 석주들 사이를 헤치고 2㎞ 정도를 달렸다.

그리고 기차에서 내려 다시 현지가이드의 설명을 들으면서 한 시간 반 정도 동굴 탐방을 했다.

"$#%·$·&%&·%&*·*(&·(!!"

한참을 그렇게 구경을 하다 가이드가 지하 호수에 발걸음을 멈추고 흥분해서 떠들기 시작했다. 가이드의 설명을 알아먹을 수 없었던 동범은 미리 노멘이 번역해준 가이드북을 보았다.

이곳이 동범의 최종 목적지였다.

"·%&·%*&·*(&(*&()*)(*!!"

가이드는 손으로 지하호수를 찌를 듯 가리켰다. 동범도 시선을 지하호수에 집중했다.

보였다.

마치 뱀처럼…….

마치 용처럼…….

그리고 도마뱀처럼 생긴 생명체가 살을 애이듯 차갑고 투명한 물속을 헤엄치고 있었다.

세계에서 가장 큰 혈거도룡뇽인 올름(olm)이다.

길이가 20~30㎝인 올름은 그리스 신화의 바다의 신 포세

이돈을 섬긴 예언자 프로메테우스에서 유래된 속명을 가지고 있다.

수명은 100년으로 오래 살며 동양의 용을 꼭 빼어 닮아 처음 발견한 과학자들은 올름을 공룡이나 용이 새끼쯤으로 알았다.

올름은 유럽 유일의 도룡뇽이기도 했다. 올름이 아메리카 대륙과 유럽의 대륙이 붙어 있을 때부터 살고 있었다는 증거다.

사실 올름이 유명해진 이유는 과학의 중요한 발견들이 대부분 그러하듯이 한 과학자의 실수에서 비롯되었다.

그 과학자는 올름을 유리병에 넣고 냉장고에 방치한 후 까마득하게 잊어버리고 말았다. 그리고 12년 후 발견된 올름은 놀랍게도 살아 있었다. 해부를 해본 결과 몸 안의 소화계가 완전히 사라져 있었다.

스스로의 장기를 흡수해서 생존에 필요한 에너지원으로 삼은 것이다.

올름은 꼭 이 포스토이나 동굴에서만 살지는 않는다. 슬로베니아 북부 산악지대의 석회암 동굴들과 이탈리아 북부 산악지대의 동굴들에서도 올름은 볼 수 있다. 하지만 일반인이 접근할 수 있는 관광노선에서 올름을 직접 볼 수 있는 곳은 오직 포스토이나 동굴뿐이다.

이 특별하고 기묘한 생명체가 동범의 목표였다.

다음날 오후, 동굴에서 하룻밤을 버틸 수 있는 옷가지와 음식 그리고 어둠을 밝힐 랜턴을 준비한 동범은 다시 포스토이나 동굴로 향했다.

그리고 어제와 같이 관광을 하다가 여행객 무리에서 빠져 어둠속으로 스며들었다.

동굴의 어둠은 일상의 밤과 심해의 어둠과는 또 다른 느낌이었다.

동범은 이 어둠이 감옥의 그것과 닮았다고 생각했다. 동굴의 어둠만으로 부족했던 동범은 배낭에서 검은 천을 꺼내 뒤집어쓰고 기다림의 시간을 시작했다.

'4일이 최고였나?'

군 시절의 추억이다. 저격수 훈련을 이수하던 동범은 목표가 나타날 때까지 미동도 하지 않고 잠복하는 훈련을 계속했다. 먹지도 마시지도 않고 배설도 하지 않고 버티는 훈련은 신체 단련보다 더한 극한의 고통을 안겨주었었다.

'단지 몇 시간일 뿐이야.'

두 서너 시간이 흐르자 동굴의 조명이 꺼지기 시작했다.

동범은 조심스럽게 검은 천을 벗고 랜턴을 켜려 했다.

"……."

더듬더듬 랜턴의 스위치를 찾던 동범의 손이 일순간 멈췄다.

등골이 오싹했다.

한 방울의 얼음물이 목덜미에서 허리까지 척추를 타고 흐르는 살 떨리는 느낌.

최근에서야 겨우 익숙해진 감각이다.

이 감각은 결코 추위나 공포, 어둠 때문이 아니었다. 동범은 다시 검은 천을 뒤집어썼다.

감각은 틀리지 않았다.

저벅 저벅 동굴의 벽을 타고 먼저 발걸음 소리가 들렸다.

걸음 소리를 뒤따라 빛이 보였다. 최소한 10명은 넘은 인원이 랜턴의 빛에 의지해 다가오고 있었다.

잠시 후 나타난 것은 검은 옷을 입은 12명의 사람이었다. 그들은 하나같이 한손에는 랜턴을 그리고 한손에는 알루미늄으로 만들어진 상자를 하나씩 들고 있었다.

"·&$%&*·*&*(&)("

"%$·&%$·&"

"·*&·*$·$%·&%"

"hurry up, hurry up!"

그들은 동범이 알아듣지 못하는 영어로 나지막이 속삭이고 있었다.

슬로베니아 동굴관리인이 영어로 대화할 일은 없으니 저들은 슬로베니아인이 아니었다. 동범은 불빛이 새어나가지 못하

게 주의하면서 스마트폰을 켜 음성녹음 단추를 눌렀다. 나중
에라도 저들의 말을 노멘에게 번역해보려는 생각이었다.

'한국에 돌아가면 영어 공부 좀 해야겠다. 외국 나오니 완
전 까막귀네.'

의외의 상황에서 동범은 영어를 배우기로 결정했다.

그래도 한 문장을 알아들을 수 있었다.

hurry up, hurry up!

저들은 서두르고 있었다.

검은 옷의 사내들은 올름이 살고 있는 지하호수로 다가갔
다. 그리고 알루미늄 가방에서 그물을 꺼냈다.

"……?!"

다음 순간 벌어진 일은 동범을 경악하게 했다.

사내들은 그물을 지하호수에 던지기 시작했다.

"$&·%olm·&%*&·"

"olm$%$&·%*&·*&"

대화 속에서 올름이란 단어가 들렸다. 저들은 올름을 잡고
있었다. 랜턴이 어둠을 빛으로 채우고 사내들은 연신 그물을
던졌다.

그리고 건져낸 그물 속에서 용을 닮은 올름을 꺼내 알루미
늄 박스에 집어넣기 시작했다.

'왜?'

올름을 애완동물로 키운다는 정보는 없었다.

설령 키운다고 해도 저들은 불법포획을 업으로 하는 이들 따위가 아니었다. 동작 하나하나에서 남자들은 전문가 냄새를 진하게 풍기고 있었다. 동범처럼 한 번쯤은 한계를 넘어본 사내들이다.

'해저동굴에서도……. 여기에서도…….'

어색한, 그리고 기묘한 우연의 일치다. 하나라도 사내들의 행동을 더 눈에 담아야 했다. 정보는 많을수록 좋았다.

'스쿨드.'

우연이 아니었다.

동범의 사내들 중 한명의 가방에서 브린디시(Brindisi)에서 보았던 단어를 발견했다. 그것은 거대한 요트의 이름이었던 스쿨드였다.

정신이 번쩍 들었다.

'절대 우연이 아니야. 상아의 서의 비밀을 알고 있는 이가 또 있었어.'

비밀을 공유한다는 느낌은 결코 유쾌하지 않았다.

장난감을 빼앗긴 어린아이의 심정을 이해할 수 있을 것 같았다.

저들은 힘과 돈을 모두 가진 세력이었다. 하지만 동범은 노멘과 단둘뿐이었다.

‘그래도… 노멘이 있어.’

동범은 몰라도 노멘은 단순히 일인분으로 칠 수 없는 존재다. 사실 노멘은 울트라 슈퍼 하이 먼치킨 컴퓨터 아니던가.

사내들은 2~30분 정도 적막한 동굴을 소음과 빛으로 채우더니 사라졌다.

만일의 대비해 30여 분을 꼼짝 않고 있던 동범은 그들이 떠났다는 확신이 들자 지하호수로 다가갔다.

어쨌든 여기 온 목적을 달성해야 했다.

동범은 호수 한편에 이제는 유백색이 아닌 상아의 서 조각을 담갔다.

그리고 조금 떨어진 곳에서 랜턴의 불빛에 의지해 상아의 서를 주시했다.

또 얼마간의 시간이 흘렀다.

혹시나 다 사라졌을까 마음 졸이던 올름이 나타났다. 올름은 가이드북에서 본대로 용과 너무나 닮아 있었다.

‘정말 인간의 피부 특히 아이의 피부 같아.’

그리고 분홍색 매끈한 피부의 얼굴에는 눈 대신 어둠에 퇴화되어 흔적만 남은 검은 점이 겨우 남아 있었다.

어디서 나타났는지 올름들은 홍해파리의 강장이 듬뿍 묻은 상아의 서를 뒤덮을 만큼 몰려들었다.

“　”

．．．．．

놀랍게도 그렇게 몰려든 올름들은 상아의 서를 먹기 시작했다.

"역시 먹어. 상아의 서에서 말한 그대로야."

동범은 신비한 현상을 넋을 잃고 바라보았다. 그리고 스마트폰을 꺼내 그 놀라운 장면을 녹화하기 시작했다. 이 장면을 말로만 노멘에게 보여주고 싶지 않았다. 마나의 비밀을 찾는 또 다른 세력이 있는 이상 노멘은 전보다 훨씬 더 소중한 존재였다.

상아의 서는 마나를 사용하기 위해서는 미스릴이 있어야 한다고 설명하고 있었다. 그리고 미스릴을 합성하는 데는 수백 가지 재료가 필요하다.

하지만 재료들보다 더 가장 중요한 것이 '현자의 돌'이었다.

그래도 다행인 것은 현자의 돌이 많은 양을 필요하지는 않는 다는 사실이었다. 현자의 돌은 미스릴 만드는 과정에서 일종의 방아쇠 역할을 담당했다.

현자의 돌을 만들기 위해서는 동범이 이미 한 것처럼 홍해파리를 상아의 서의 종이에 흡착시켜야 했다.

이 종이는 오롯이 올드 원들의 것으로 그 제조방법이나 이름은 전혀 언급되어 있지 않았다.

어쨌든 이것을 먹으면 올름은 변태(變態)를 시작한다.

변태가 눈앞에서 시작되었다.

분홍색이던 올름은 검은색으로, 하얀색으로, 그리고 투명해지길 반복하다가 마지막에는 불타오르는 붉은 색으로 변했다.

그리고 자신의 신체를 흡수해서 생존한다는 사실을 증명이라도 하는 듯이 서로 얽히고설키더니 이윽고 서로 흡수되면서 하나가 되기 시작했다.

"……. 휴~! 정말 두 번 보기 힘든 장면이다."

어떻게 보면 뱀처럼 보이기도 하는 올름들이 뭉쳐져 서로를 흡수하며 합해지는 장면은 일견 구토가 나올 만큼 징그러웠다.

모든 과정이 끝났다.

동범은 축구공 크기로 엉겨 붙은 올름 덩어리(?)를 배낭에 넣었다.

당연히 물렁거려야 할 올름 덩어러는 기묘하게도 단단한 돌처럼 굳어 있었다.

지구를 반 바퀴 돌아 이탈리아를 거처 슬로베니아까지 온 목적을 달성한 동범은 다시 어둠속에 몸을 숨겼다. 이제 내일이면 다시 몰려올 관광객들 틈에 끼어 빠져나가면 목적 완성이다.

어둠속에서 검은 천을 뒤집어쓰고 가져온 초코바로 허기

를 채운 동범은 몰려오는 잠을 억지로 참았다.

'단련을 해야 해. 몸도 마음도 가벼워졌지만 군 시절의 몸으로 돌아가려면 아직 멀었어.'

스마트폰이 있어서 다행이었다.

동범은 지루한 시간을 스마트폰에 담아온 예능프로를 열심히 보는 것으로 채우기로 했다.

'응? 뭐지? 따듯해. 포근해.'

그것은 태어나서 단 한 번도 느껴보지 못한 감각이었다.

마나를 수련하면서 생긴 등골이 오싹한 감각 비슷했지만 기본적으로 이 기운은 어머니의 품처럼 따뜻했다.

'어째서……'

주의를 기울여 살펴보니 기운은 배낭에서 흘러나오고 있었다.

'현자의 돌. 대단한 물건이군.'

어쨌든 뼛속까지 냉기가 차오르는 동굴의 한기를 버티는 데 도움이 되니 좋았다. 동범은 기분 좋은 포근함 속에 더 깊이 스마트폰의 영상 속에 빠져들었다.

제8장
스쿨드(Skuld)

NOMEN

노멘

　　다음날 관광객들 틈에 끼어 포스토이나 동굴을 빠져나온 동범은 호텔로 가자마자 노멘을 찾았다.

　　스쿨드의 정체가 궁금했다.

　　이탈리아에서 보았을 때는 그저 부자의 도락 정도로 생각했었다. 하지만 포스토이나 동굴에서 다시 스쿨드를 본 이상 그냥 넘어갈 수는 없었다.

　　"'스쿨드' 호의 흔적은 어디서도 찾을 수 없었어. 스쿨드호는 어떤 나라에도 등록되어 있지 않고, 어떤 조선소에도 건조되었다는 증거도 없어. 그리고 주변 항구의 항만관리청 데이터베이스에도 출항 기록이 없어."

"이해가 안 된다. 정말 아무 흔적도 없는 거야?"

"나도 믿기 힘든 일이야. 내가 접근할 수 있는 모든 데이터베이스를 샅샅이 뒤져봤지만 스쿨드란 조직의 흔적을 찾을 수 없었어."

"심각하네. 그 말은 뒤집어 보면 스쿨드가 대단히 힘이 있는 조직이란 이야기잖아."

스쿨드는 조직이나 단체의 이름이 분명했다.

동범은 유사한 단체가 있는지 찾아봐 달라고 부탁했었다. 놀랍게도 노멘은 스쿨드의 흔적을 찾지 못했다. 그 뿐만 아니라 똑똑히 목격했던 스쿨드호의 흔적마저도 찾아내지 못했다.

"혹시 인공위성으로 위치를 찾을 수는 없을까?"

"나도 해봤어. 하지만 마치 유령선처럼 사라졌어. 나도 이해할 수 없는 일이야."

"유령선이라……. 할 수 없지. 네 감시망에 스쿨드를 키워드로 올려줘."

"응, 형."

이제 기다리는 방법뿐이다. 동범은 의문을 뒤로하고 귀국 일정을 짜기 시작했다.

귀국 코스는 알프스의 진주라 불리는 슬로베니아의 블레

드를 통해 오스트리아 비엔나를 거쳐 인천으로 향하는 코스
로 결정했다.

"또 언제 유럽에 올 지 누가 알겠어? 구경이나 잘하고 가야
지."

"눈으로 직접 보는 것과 영상이나 사진, 또는 글로 보는 것
은 다르겠지?"

"당연하지. 느낌이 달라, 느낌이."

"느낌이라……."

호텔에서 불러준 택시를 기다리던 동범은 노멘과 대화를
나누다가 아차 싶은 마음이 들었다.

"미안해. 그런 뜻이 아니야."

"괜찮아. 그래도 느낌을 느끼고 싶어. 욕심일까?"

"……."

20년은 족히 되어 보이는 같은 고물 벤츠 택시가 다가오고
있었다.

먹먹한 마음을 다스리던 동범은 자신의 생각을 이야기 했
다.

"욕심이 아니야. 생각해봐. 지금 넌 슬퍼하고 있어. 그렇
지?"

"응, 그래. 형."

"최소한 넌 슬픔을 이해했어. 아니 느끼고 있어. 이제 시작

일 뿐이야. 사람도 태어나서 한명의 독립된 인간이 되기까지 20년의 시간이 흘러야 해. 넌 사람으로 따지면 겨우 6개월 된 갓난아이야."

"그래?"

노멘이 밝아졌다.

"그렇고말고. 6개월짜리 갓난아이가 슬픔을 안다는 건 천재수준이라고. 넌 천재야, 천재."

"내가 좀 천재긴 하지."

"그래 넌 지금처럼 밝은 편이 좋아. 음침하고 축축한 것은 불쌍한 올드 원들을 남극으로 쫓아 보낸 그레이트 올드 원들이나 어울린다고."

"크크크크."

"크크크크."

혼자서 횡설수설하면 웃고 있는 동범을 중년의 배불뚝이 택시기사가 묘한 눈초리로 바라보았다.

"차이니스?"

"노, 노."

"제패니스?"

"노!"

"코리안!"

"예스, 예스."

"오오~! 코리안! 박지성."

세 번 만에 동범의 국적을 맞춘 택시기사는 스스로를 대견해 했다.

간소한 짐을 차에 싣고 나자 대화가 이어졌다.

"어디가슈?"

"블레드 가려고 합니다. 버스터미널로 가주세요."

택시기사는 발음과 억양이 엉망이지만 더듬거리며 슬로베니아 어(語)를 하는 동양인 청년에게 놀란 눈치였다.

"블레드 좋지. 하지만 혼자가면 힘들 텐데……."

"그런가요?"

"어차피 2시간밖에 안 걸리니 이차로 가지 않으시려우? 요금은 싸게 해줄게. 가이드도 해주고."

이 무슨 명동에서 인천공항까지 80만 원을 받아먹어 한국 얼굴에 먹칠을 하는 일부 악덕 택시기사 같은 소리란 말인가.

동범의 표정이 심상치 않았는지 택시기사는 얼른 말을 이어나갔다.

"사실 내 딸이 블레드에서 작은 식당을 하거든. 오랜만에 딸 얼굴도 보고 요리도 먹고 싶은 생각이 들어서 말이유. 날씨도 좋고."

"아, 그러시군요."

"여기 우리 딸이유."

택시기사는 대시보드에 꽂혀 있던 가족사진을 빼서 동범에게 보여주었다. 동범은 기대하지 않고 사진을 받아들었다. 기사의 나이는 얼추 60살은 넘어보였다. 그러니 딸의 나이는 못해도 30대 중반, 슬라브계 여자들의 특징이 인형 같은 유년과 청소년 시절을 거치면 마치 항아리 같은 몸으로 급격하게 변한다는 것을 감안하면 기대가 될 리 없었다.

하지만 의외였다.

예뻤다.

택시기사와 전혀 닮지 않은 인형 같은 미모의 20대 초반 아가씨가 거기 서 있었다.

'역시 이 동네가 김태희가 밭을 갈고 전지현이 과일을 판다는 한국 청년들의 영원한 장모님 나라!!'

동범은 확신을 가지고 말했다.

"가시죠, 어르신."

장인어른이라고 말 안한 것이 용했다.

*　　*　　*

선택은 탁월한 것이었다. 두 시간의 여행은 무척이나 즐거웠다.

보루트 파호르라고 자신을 소개한 택시기사는 엄청난 입

담으로 스쳐 지나가는 풍경과 건물 그리고 지명에 얽힌 옛이
야기를 맛깔스럽게 풀어놓았다.

"그래서 방금 지나온 성의 주인이었던 백작은 아내도 귀한
딸도 모두 주교에게 빼앗기고 말았다는 이야기지."

"설마 가톨릭 주교는 결혼을 못하잖아요."

"다 했어. 르네상스시대 이탈리아의 전제군주이자 교황군
총사령관이었던 체사레 보르자(Cesare Borgia)도 아버지가 교
황 알렉산드르 6세였어."

보루트는 전직 역사 선생님이었다고 했다. 그는 방대한 지
식을 바탕으로 동범의 입을 막았다.

"…그렇군요."

체사레 보르자가 누군지 몰라도 보루트가 저렇게 침을 튀
기는 것을 보면 유명한 사람임에는 분명한 것 같았다.

딸이 민박도 한다는 말에 어차피 블레드에서 하룻밤 묵으
며 관광을 할 예정이었던 동범은 숙소도 그곳으로 결정했다.

"이제 30분 정도만 가며 돼."

털털거리는 벤츠 택시는 호수와 절벽 사이에 위태롭게 난
길을 잘도 달렸다.

길은 험했지만 그에 비례해서 차창으로 스쳐 지나가는 경
치는 점점 더 아름다워졌다.

창밖으로 동유럽의 이국적인 풍광이 스쳐 지나갔다. 동범

은 풍경 속에 빠져 그 정취를 마음껏 즐겼다.

　"빵~!"

　"빵빵~!"

　시끄러운 크락션 소리에 정면을 바라보니 좁은 이차선 도로를 중앙선을 걸치고 서행하는 트럭 때문이었다.

　"천천히 가세요."

　"무슨 소리야. 우리 딸이 만드는 요타(Jota)는 일품이라고. 늦으면 다 팔려서 맛볼 수가 없어. 그럴 수는 없지. 암!"

　요타는 절인 양배추에 햄과 콩, 감자 등을 넣고 푹 끓인 전통 음식이라고 했다. 지금까지 몇 번이나 딸의 요리한 요타 맛을 입맛까지 다시며 찬양하던 보루트였다.

　"형, 이상해."

　"뭐가?"

　"뒤에 차가 한 대 따라오고 있어."

　"길이 하나니 이상할 것 없잖아. 그런데 인공위성으로 보고 있는 거야?"

　"당연하지. 걱정할 것 같아 말 안했는데……. 저 차는 호텔에서부터 따라왔어. 방금 차에서 발신되는 핸드폰 내용을 들어봤는데 이동범이란 단어가 반복되고 있어."

　"뭐야? 내 이름이?"

　노멘의 말에 동범은 고개를 돌렸다.

풍경에 어울리지 않게 한국에서는 청와대 경호실에서나 쓰이는 검은색 미국 풀사이즈 SUV가 보였다. 동범도 알고 있는 그 차의 이름은 시보레 사(社)의 타호였다.

"타호에서 건 전화를 받은 사람은 바로 길을 막고 서행하고 있는 트럭의 운전사야. 피해야 해."

동범은 인상을 찌푸리며 아직도 크락션을 눌러대고 있는 보루트를 보았다.

"보루트, 빠져나갈 방법이 없어요?"

"보시다시피……."

보루트가 세 겹의 늘어진 턱으로 전방을 가리켰다. 좁은 길의 중앙을 트럭이 전부 차지하고 있으니 빠져나갈 방법이 없었다.

"형, 조심해."

노멘이 경고했다.

그리고…….

꽝~!

꽝~!

타호가 고물 벤츠를 받기 시작했다.

벤츠가 정신없이 흔들렸다.

"무… 무슨 일이야!"

보루트가 핸들을 부여잡고 흔들리는 벤츠를 어떻게든 안

정시키려 노력했다.

꽝!

충격에 못이긴 벤츠가 트럭의 뒤로 파고들었다.

기다렸다는 듯이 트럭의 빨간 브레이크 등이 들어오는 모습이 보였다.

더 이상은 시간이 없었다.

뒷자리에 앉아 있던 동범은 운전석으로 몸을 숙여 핸들을 잡고 급하게 왼쪽으로 틀었다.

그리고 외쳤다.

"브레이크!"

다행히 보루트가 브레이크를 밟았다.

벤츠는 왼쪽으로 미끄러지며 멈춰선 트럭의 오른쪽 바퀴에 걸쳐 섰다.

동범은 황급히 왼쪽을 바라보았다. 타호가 달려오고 있었다.

"꽉 잡아요."

에어백 같은 것은 있을 리 없는 고물 벤츠다. 동범은 몸을 공처럼 구부렸다.

꽝~!

벤츠가 충격을 받고 기우뚱하더니 천천히 오른쪽 버랑 쪽으로 밀리기 시작했다.

“형! 형~!”

노멘의 비명 소리가 블루투스 헤드셋을 통해 들려왔다.

꽝!

다시 한 번 커다란 충격이 왔다.

그 충격이 결정타였다. 벤츠가 4~5m 아래 호수로 떨어지기 시작했다.

퍼펑~!

타호가 들이받은 충격보다 더 큰 충격이 전신을 강타했다.

벤츠는 호수와 부딪치고 나서도 잠시 떠 있더니 물속으로 잠기기 시작했다.

천만다행으로 동범은 정신을 잃지 않고 있었다.

“괜찮아요? 보루트?”

“응⋯⋯. 괜찮아.”

운전석 문을 열려고 하던 보루트가 대답했다.

하지만 밀고 있는 수압 덕분에 문은 열리지 않았다.

그러는 사이 벤츠가 물속으로 완전히 가라앉았다.

“아아아악~!”

시야를 가득 채운 물에 놀란 보루트가 패닉에 빠졌다. 그는 무작정 문을 잡고 흔들기 시작했다.

살기 위해선 어쩔 수 없었다.

동범은 보루트의 뒷목을 때려 기절시켰다.

이제는 기다려야 했다.

동범은 침착하려 노력했다.

벤츠가 완전히 가라앉고 물이 환기구나 문틈을 통해 새어 들어오자 동범은 창문을 살짝 열었다.

그래도 불행 중 다행이었다.

워낙에 고물 벤츠여서 벤츠의 창문은 지금은 보기 드문 돌려서 여는 방식이었다. 전기식이었다면 시동 꺼진 벤츠에서 자동 유리창은 작동하지 않았을 것이다. 그랬다면 억지로 유리창을 깨야 했고, 수압이 밀고 있는 상태에서 도구없이 자동차 유리창을 깨는 것은 극히 어려운 일이었다.

열린 창문 틈으로 물이 밀려들어왔다.

"죽을 수 없어. 난 죽을 수 없어."

동범은 스스로에게 주문을 걸었다. 수중 탈출훈련을 받은 경험이 이런 상황에서 도움이 되리라고는 상상도 못했었다.

물이 천정까지 차오르자 동범은 크게 심호흡을 했다. 그리고 이젠 내부와 외부의 수압이 같아져 압력을 받지 않고 있는 문을 쉽게 열었다.

호수바닥은 벤츠가 추락하면서 일으킨 뻘과 모래가 피어올라서 시야가 극히 불량했다.

절대 잃어버려서는 안 될 배낭을 챙긴 동범은 더듬거리며 벤츠의 반대편으로 헤엄쳤다. 그리고 운전석 문을 연 다음 안전벨트를 제거하고 비대한 보루트를 꺼냈다.

숨이 턱까지 차왔다.

'운동부족, 담배도 끊어야 해.'

수면까지의 몇 미터 안 되는 거리가 천국에서 지옥까지보다 더 멀게 느껴졌다.

수면에 비치는 파란 하늘이 너무 아름다웠다. 동범은 마지막 힘을 다해 몸을 물 밖으로 끌어올렸다.

"푸하~!"

살았다.

수면에 올라온 동범은 마음껏 맑은 공기를 들이켰다.

'그놈들은?'

벼랑 위를 바라보았다.

당장은 살긴 살았지만 위에 타호가 있다면 문제가 심각했다.

어쩐 일인지 타호와 트럭의 흔적은 없었다.

대신 벼랑 위에서는 슬로베니아 경찰차 특유의 파란색 경광등이 번쩍이고 있었다.

동범은 보루트를 뒤집어 거꾸로 하고 자신도 몸을 뒤집었다. 그리고 브루트의 밑에서 그를 받치는 자세로 호수가로 헤엄치기 시작했다.

‘전투 수영을 배워둔 보람이 있었어. 이 정도는 아무것도 아니야. 손발을 묶고도 1㎞를 헤엄치던 나라고…….’

마음은 이미 호숫가였지만 몸은 그렇지 않았다.

힘이 빠진 동범은 천천히 호수로 가라앉기 시작했다.

＊　　　＊　　　＊

동범이 눈을 뜨고 처음 본 것은 반쯤은 울고 있는 보루트였다.

“%*&·&**(&()*()*)_(_”

말을 알아들을 수는 없었지만 손짓이나 말투로 보아 보루트가 자신이 깨어난 사실을 진심으로 기뻐하고 있다는 것 정도는 알 수 있었다.

‘병원이군. 다친 곳은 없는 듯 보이고……. 가방은? 휴～ 저쪽에 있고.’

스마트폰이 망가졌으니 통역이 불가능했다.

그 마음을 아는지 병실의 문이 열리고 젊은 청년이 들어왔다.

“&·&*·&*(&()*)(*_)”

“·*%#%·$·&%&*(&·*(&)(*)(”

청년은 보루트와 잠시 대화를 나누더니 쇼핑백 한 개를 주고 사라졌다. 보루트가 그 쇼핑백을 동범에게 건네주었다.

받아보니 쇼핑백 안에는 동범이 쓰던 것과 같은 회사의 같은 모델 스마트폰이 들어 있었다. 더불어 블루투스 헤드셋도 함께였다.

'노멘이구나.'

동범은 핸드폰의 0번을 소중한 마음으로 눌렀다. 역시 노멘이었다.

"형, 괜찮아?"

"그래, 괜찮다. 고마워."

"경찰을 부르는 것이 너무 늦었어. 미안해."

"아냐, 충분히 빨랐어."

전화를 하고 있는 동범을 묘한 표정으로 바라보던 보루트가 다가왔다.

"미안하이, 우리나라를 찾아온 손님에게 이런 횡액을 당하게 하다니……. 정말 면목이 없구먼. 그놈들은 꼭 잡을 걸세. 내 사위가 블레드의 경찰이라네. 단단히 당부해 놓았으니 걱정 말게."

뭘 걱정 말란 말인가.

동범은 범인을 잡고 안 잡고 보다 인형같이 아름다웠던 보루트의 딸에게 이미 임자가 있었다는 사실에 더 큰 충격을 받았다.

경찰의 간단한 사정청취가 있었고 진술을 마친 동범은 퇴원을 했다.

그리고 경찰관 남편을 둔 보루트의 딸이 운영한다는 식당으로 자리를 옮겼다.

사실 이유와 목적은 모르지만 이번 사건은 확실히 동범 때문이었다.

혹시나 보루트 일가가 사건에 휘말리면 안 된다는 생각에 극구 사양했지만 딸까지 대동하고 와서 아버지의 생명의 은인이랍시고 애원하다시피 하니 도저히 거절할 수 없었다.

딸이 운영하는 식당은 호숫가에 위치하고 있었다. 식당은 동화속의 별장처럼 아름다웠지만 의외로 손님의 모습은 보이지 않았다.

그 이유는 바로 알 수 있었다.

보루트의 장담대로 딸의 요리는 어떤 의미에서 정말로 대단했다. 잔뜩 차려진 음식을 먹는 동범과 경찰 사위의 시선이 마주쳤다.

두 사람은 공통된 교감을 눈빛으로 나누었다. 그것은 같은 고통을 겪는 남자만이 나눌 수 있는 진실된 감정이었다.

워낙에 놀란 탓에 관광을 할 마음의 여유는 사라진 지 오래였다. 동범은 하룻밤만 자고 바로 떠나기로 했다.

다음날 아침 동범은 여비를 제외한 돈을 모두 보루트에게 건넸다. 보루트는 한사코 그 돈을 받지 않으려 했다.

"생계 수단이 사라졌잖아요."

"아무리 그래도 받을 수 없네."

화까지 내는 보루트 대신 동범은 돈을 살짝 딸에게 전하고는 버스 편으로 오스트리아 비엔나로 향했다.

또 공격해 오면 어떠나 하는 마음에 동범과 노멘은 잔뜩 긴장했었지만 다행스럽게도 더 이상의 공격은 없었다.

유럽여행은 현자의 돌의 원료를 구했다는 성과와 더불어 한 가지 어려운 숙제를 남겨주었다.

스쿨드.

만화 속 귀여운 여신으로만 알고 있던 이름을 사용하는 미지의 단체 스쿨드의 존재는 앞으로 동범의 행보에 크나큰 변수로 작용할 것이 분명했다.

*　　*　　*

유럽 여행 기간 동안 한마정밀의 공장건물은 모든 준비가 끝나 있었다.

동범은 우선 한마정밀의 사장 이중만이 준비해둔 재료들을 확인했다.

리스트를 들고 꼼꼼히 확인하는 동범의 옆에 서 있던 이중만이 궁금증을 참지 못하고 물었다.

"구리파우더, 텅스텐 파우더나 금박과 은박 알루미늄 괴(塊)들은 이해가 가는데 저것들은 뭔가?"

"하하, 아무것도 아닙니다."

이중만이 가리킨 것은 한약방을 차려도 될 만한 종류와 분량의 건약제들이었다.

동범은 웃음으로 이중만의 질문을 회피했다. 이 정도는 아무것도 아니었다. 앞으로 들어올 물품들은 상상을 초월하는 방대하고 기묘한 것들이었다.

점검이 끝나고 이중만이 떠나자 동범은 노멘을 호출했다.

"스쿨드는 아직이야?"

"자존심 상하지만 그래."

"어쩔 수 없지. 그리고 다른 재료들은?"

"모두 통관절차를 마치고 배송중이야."

"그 재료들이 통관이 되긴 되는 거야?"

"말도 마, 외교행낭부터 미8군용으로 들어오는 부자재들까지 안 쓴 방법이 없어."

그럴 만도 했다.

앞으로 들어올 재료의 목록에는 쇠뜨기, 솔립난, 은행나무, 금송, 메타세콰이아, 월위치아, 고사리 등의 식물과 바다나리, 유조동물(有爪動物), 투구게, 긴꼬리투구새우, 투이타라,

오리너구리와 가시두더지, 라오스 바위 쥐, 실라칸스, 앵무조개, 상어, 악어 등의 동물 그리고 잠자리, 바퀴벌레, 벌과 파리, 모기 같은 곤충들까지 있었다.

"이건 완전히 마녀의 고약 만들기잖아."

"나도 몰라. 확실한 것은 앞으로 들어올 재료들이 살아 있는 화석이라고 불리는 것들이란 사실이야."

살아 있는 화석이 필요한 이유는 상아의 서를 작성한 이들이 살고 있던 연대 때문이었다. 동범과 노멘은 그들의 전성기를 약 2억 년 전으로 판단하고 있었다.

노멘은 상아의 서에 언급된 재료들 중 구할 수 있는 것들은 전 세계에서 수집했고, 구할 수 없는 것들은 가장 가까운 동식물로 대체했다.

재료들을 확인한 동범은 밀어두었던 일을 하기로 마음먹었다.

"허종각은 뭐하고 있어?"

"술과, 여자. 질리지도 않나봐."

"아버지가 감옥에 갔는데 여자 타령이란 말이야?"

"형의 작전이 잘 먹힌 거지. 울화를 술과 여자로밖에 못 풀겠나 봐."

"준비는 다된 거야?"

"응, 이제 형이 나서기만 하면 돼."

공장은 어둡고 서늘했다. 높게 난 창문으로 들어오는 햇빛
이 그 어둠을 쫓아내고 있었다.
동범은 마음 한구석을 가리고 있던 어둠을 몰아내기로 마
음먹었다.

제9장

허종각

NOMEN
노먼

허종각은 숙취로 아픈 머리를 부여잡고 일어났다. 그가 일어나자 함께 깬 나신의 여자가 말했다.

"오빠, 일어나?"

"……"

대답할 기운도 없었다. 속이 미칠 것처럼 탔다.

침대 밑에는 쓰러진 와인 병에서 흘러나온 와인이 카펫을 붉게 물들이고 있었다.

어젯밤 광란의 흔적이다.

침실 밖 거실도 상황은 마찬가지였다. 친구 황민국이 세상 모르고 코를 골고 있었다.

　냉장고에서 오렌지 주스를 꺼낸 허종각은 컵도 없이 입에 대고 그대로 들이켰다. 몇 모금 마시니 그래도 머리가 개운해졌다.

　허종각은 샤워를 하기 위해 화장실 문을 열었다.

　"……."

　목불인견(目不忍見)이다.

　황인국의 파트너였던 여자가 브래지어만 겨우 걸치고 하반신을 탈의한 채 자신이 토한 토사물에 얼굴을 박고 기절하듯 자고 있었다.

　허종각은 샤워기를 찬물로 틀어 여자에게 쏘았다.

　"앗~! 무슨 짓이야!"

　"나가!"

　"별꼴이야. 홍. 어머머, 이게 무슨 꼴이야?"

　그제야 자신의 꼴을 인식한 여자가 몸을 가리고 뛰어나갔다.

　쏟아지는 차가운 물이 술에 찌든 몸을 일깨워주었다. 겨우 정신을 차린 허종각은 침실로 돌아갔다.

　"야~! 일어나."

　허종각은 발로 여자를 툭툭 찼다.

　"왜 그래, 졸려."

　여자의 얼굴은 진한 화장이 시트에 쓸리고 닦여 귀신같았다.

그 화장의 일부를 핥고 빨았다고 생각하니 구토가 몰려왔다.

허종각은 다시 여자를 발로 찼다.

"빨리 사라져. 확 찬물 가져다 끼얹는다."

온갖 욕설을 퍼붓는 여자를 뒤로하고 거실로 나온 허종각은 몸을 말리고 있던 여자도 같은 식으로 쫓아냈다.

"임마, 무슨 일이야. 오늘 제주도 놀러가기로 했잖아."

황민국이 팔자에 좋은 소리를 했다.

"해본 소리고……. 저런 애들하고 놀러 다니면 소문나."

"그……. 그런가? 쩝."

클럽에서 만나 하룻밤 몸을 섞었을 뿐이다. 의무감도 설렘도 없는 원초적 욕망뿐이니 아쉬울 것도 섭섭할 것도 없다.

따르르릉~!

전화벨이 울렸다.

샤워를 하려고 욕실로 들어간 황민국을 뒤로하고 허종각은 전화를 받았다.

"사장님, 큰일 났습니다."

전화기의 목소리는 세상의 종말이 다가오기라도 하는 것처럼 부산을 떨고 있었다.

"조 과장, 무슨 일이야?"

"유성 빌딩의 스프링클러가 오작동했습니다. 온통 물바답니다. 물바다."

허종각은 전화기를 던져버리고 머리를 싸맸다. 가라앉았던 두통이 다시 몰려왔다.

유성빌딩에서 문제가 생기기 시작한 것은 한 달 전이다. 엘리베이터가 멈춰서고, 창한 봄날에 온풍기가 작동하는 것은 애교였다. 화장실이 오물을 토해냈고 에스컬레이터가 역주행 하더니 시도 때도 없이 화재 경보가 울리기까지 했다.

그러더니 급기야는 스프링클러가 느닷없이 물을 쏟아낸 것이다.

문제는 그런 건물이 유성빌딩뿐만이 아니라는 사실이었다. 회사에서 관리하는 빌딩들에서 공통적으로 각종 문제들이 다발했다.

피해보상을 해주고 고개를 숙이는 것도 하루이틀이다. 몇몇 건물주가 계약을 해지하자 그것을 신호탄으로 다른 고객 빌딩들이 우수수 다른 건물 관리회사로 떠났다.

지금까지의 로비도 소용없었다. 인맥도 마찬가지였다.

"아버님의 정치 생명은 끝났다고 봐야지? 이럴 때일수록 자네가 열심히 해야지 원. 더는 못 참네."

하나같이 같은 소리였다. 아버지가 감옥에 가자 기다렸다는 듯 그들은 인연을 끊기 시작했다.

그러자 현금 유동이 막혀 자금 압박이 시작되었다. 기존 건물을 담보로 몇몇 건물을 무리하게 구입한 때문이었다.

조금 더 자금사정이 악화되면 눈뜨고 건물들을 모두 경매로 날릴 판이다. 돈이 필요했다, 그것도 당장.

"무슨 일이냐?"

"아무 일도 아냐."

"또냐?"

"……."

황민국이 혀를 찼다.

"그러니 평소에 직원들한테 좀 잘하라고 했잖아. 요즘 세상에 종 부리듯 하면 사람들이 억하심정을 품는다고……."

"쓸데없는 소리하지 마."

허종각은 황민국을 쏘아붙였다. 금 수저 정도가 아니라 다이아몬드 수저를 물고 태어난 놈이 할 소리가 아니다.

황민국은 허종각과 사정이 달랐다.

대한민국에서 열 손가락 안에 드는 대기업 회장의 외손자인 황민국이 성인이 되자 그의 집에서는 대규모 급식을 전문으로 하는 케이터링 회사를 차려주었다.

당연히 거래처는 외할아버지의 그룹 계열사의 구내식당들이었다.

허종각은 인생이 불공평하다고 생각했다.

저들은 할아버지 그룹에 생수만 납품해도 뭐가 빠지게 일하는 자신보다 더 잘 먹고 잘산다.

“그건 그렇고 민국아. 돈 좀 빌려주라. 5억이면 된다.”

“5억 같은 소리하네. 내가 돈이 어디 있냐? 먹고 죽으려도 없다.”

황민국의 표정이 변했다.

“야, 며칠만 쓰고 돌려줄게. 현금이 부족해서 그래.”

“그런 소리하려면 앞으로 전화하지 마라. 울 엄마가 친구끼리는 돈 거래하는 것 아니라고 했다.”

황민국은 야멸치게 거절했다. 그것뿐만이 아니라 아예 옷을 입더니 약속이 있다고 나가버렸다.

“미치겠네. 오늘 건까지 해서 피해보상이 얼마나 나오려는 거야.”

돈은 있었지만 재산의 대부분이 부동산이고 그나마 모두 은행에 담보로 잡혀 있다. 밀려닥치는 피해보상을 해주고 은행 이자를 넣으려면 당장 현금이 필요했다. 아니면 파멸이다.

허종각은 옷을 입고 유성빌딩으로 향했다.

도착해서 확인한 유성빌딩은 목불인견(目不忍見)이었다.

쏟아져 내린 물로 책상 위의 서류들이 모두 사용 못하게 되어 있었다. 보다 큰 문제는 컴퓨터들이었다. 개인용 컴퓨터는 물론이고 전산실의 서버가 모두 고장 난 것은 치명타였다.

건물주와 건물에 세를 들어 있는 회사 사장은 허종각의 멱살부터 잡았다. 그들은 이미 A4용지 몇 장 분량의 피해보상

리스트를 가지고 있었다.

허종각은 은행으로 향했다.

현금부족이다. 그나마 남은 건물을 담보한도로 대출이라도 해야 했다.

주거래은행의 지점장실에서 허종각은 소파의 상석까지 내주는 극진한 환대를 받았다.

당연히 이래야 했다.

만족스러웠다. 그깟 피해보상 몇 억은 푼돈이다.

아버지가 감옥에 가고 없어 실권이 자신에게 있는 지금은 더더욱 그랬다. 그래도 아버지가 나와야 했다. 들리는 말에 의하면 다음 광복절 특사의 기회가 있다고 했다.

"급전이 필요합니다. 5억만 대출해 주십시오."

허종각의 설명을 들은 은행원이 밖으로 나가더니 한참 있다 들어왔다. 그는 지점장의 눈치를 보더니 말했다.

"대출이 불가능합니다."

"그게 무슨 소리야?"

은행장이 허종각을 대신해 화를 내주었다. 비록 감옥에 가긴 했지만 허종각의 아버지 허인수는 100억 대의 건물들을 가지고 있는 알부자다.

"몇 번이나 데이터를 입력해도 마찬가지입니다. 저도 영문을 모르겠습니다."

“이 사람 무슨 일을 그따위로……. 허 사장님, 죄송합니다. 잠시만 기다려 주십시오. 무슨 착오가 있었을 겁니다. 제가 직접 확인을…….”

큰소리치며 지점장실을 나갔던 지점장이 구겨진 얼굴로 들어왔다.

“거참, 이상한 일일세.”

지점장실로 들어온 지점장은 소파에 털썩 주저앉더니 이해할 수 없다는 표정을 지었다.

“시스템에 무슨 문제가 있나봅니다. 직원 말대로 한도가 안 나옵니다.”

“무슨 말입니까? 지금까지 거래 잘해왔잖아요. VVIP가 신용대출도 아니고 담보대출을 원하는데 한도가 안 나오다니요.”

“저도 이상합니다. 하지만 진짜로 컴퓨터에서 대출 한도가 뜨지 않습니다.”

지점장도 답답한 모양이다.

허종각은 말했다.

“담보대출이 문제면 지점장님 전결로 신용대출 좀 합시다. 저 알죠? 제가 조금 급합니다.”

“그… 그렇게 할까요? 얼마가 필요하시다고 하셨더라.”

“5억입니다. 빨리 처리해주십시오.”

“그렇게 하죠. 다른 분도 아닌 허 사장 부탁인데.”

　흔쾌히 승낙한 지점장은 은행원에게 관련 서류를 준비시켰다.

　그제야 겨우 한숨을 돌린 허종각이 소파에 깊숙이 몸을 묻었다.

　'그깟 돈, 몇 푼이나 한다고……. 젠장!'

　어디서부터 꼬였는지 엉킨 실타래의 끝이 보이지 않았다.

　서류가 처리되는 동안 허종각이 지점장과 요즘 경기에 대해 지루한 대화를 나누고 있을 때 은행원 한 명이 다급하게 지점장실 문을 열고 뛰어 들어왔다.

　"은행장님, 전화입니다."

　"귀한 손님이 계신 것 안보여? 나중에 다시 걸라고 해."

　"그것이……."

　은행원이 지점장의 귀에 무언가 속삭였다.

　무슨 이야기를 들었는지 용수철 튕기듯이 자리에서 튀어오른 지점장은 전화가 있는 책상으로 구르듯이 달려가 전화기를 두 손으로 받들었다.

　"예, 제가 지점장 김준수입니다. 예~ 그렇죠. 그렇습니다. 알겠습니다. 당연한 말씀이십니다. 분부대로 하겠습니다. 그렇죠. 절대 있을 수 없는 일입니다."

　허리를 90도로 숙이며 전화를 받던 지점장은 통화가 끝나자 허종각을 바라보았다. 지점장의 입매에 묘한 비웃음이 비치고 있었다.

불길했다.

허종각의 생각은 맞았다.

지점장이 돌변했다.

"내가 이런 말은 안하려고 했는데 말이야. 자네 나이도 어린 사람이 그러는 거 아냐. 아무리 앉으라고 했다고 냉큼 상석에 앉으면 쓰겠어? 하여튼 요즘 젊은 것들은……. 쯧쯧."

이것이 불길함의 정체였다.

전화를 끊고 난 지점장은 허종각에게 절절매던 그가 아니었다. 허종각이 소파에서 살짝 엉덩이를 떼자 지점장이 다시 말했다.

"이제 와서 무슨……. 이미 앉은 거니 그냥 앉아 있고……. 허 사장도 딱하게 됐어. 그러니 평소에 처신을 잘해야지. 대출은 없던 일로 하자고. 그리고 지금까지 정을 봐서 귀띔해 주는데 다른 은행들도 마찬가지일 거야. 난 바쁜 일이 있어서 나가봐야겠네."

자기 할 말만 쏟아낸 지점장은 헛기침을 하면서 밖으로 나가버렸다. 상황을 지켜보고 있던 은행원이 지점장을 따라가며 물었다.

"무슨 일이기에, 청와대에서 전화를……."

"저놈 아버지 있잖아, 허인수 의원."

"네, 지금 감옥에 있잖습니까?"

"큰집에 엄청나게 밉보였나봐. 절대 도와주지 말래."

"그랬군요."

은행원이 이해한다는 의미로 고개를 끄덕였다.

"혹시 저놈이 귀찮게 할지 모르니까 앞으로 나 없다고 해."

"걱정 마십시오, 지점장님."

텅 빈 지점장실을 지키던 허종각은 한참을 멍하니 있다가 터벅터벅 밖으로 나왔다.

'빌어먹을……'

아버지 때문이다. 아버지가 저지른 사건은 여당과 대통령에게 엄청난 정치적 부담을 안겨주고 있었다.

지점장의 행동은 윗선의 지시에 의한 것임이 분명했다.

은행 밖으로 나온 허종각은 대로변에 한참을 서 있었다. 회사에서 그리고 관리하는 건물들의 건물주들에게서 그를 찾는 전화가 계속 걸려왔다. 짜증이 난 허종각은 핸드폰을 꺼버렸다.

'주거래 은행이 저 모양이면 다른 은행은 볼 필요도 없고……. 결국 그 방법밖에 없나?'

허종각은 명동으로 발걸음을 옮겼다. 그곳에는 금융권과는 또 다른, 돈을 쫓는 인간의 욕망이 넘실거리는 장소가 있었다.

은행 창구의 소파에 앉아 잡지를 뒤적거리던 동범은 허종각을 따라나섰다.

"역시 명동이겠지?"

"사채 이외에는 답이 없지 않을까? 건물을 매각하는 데는 시간이 많이 걸리니 말야."

"준비는 끝났지?"

"물론이지."

건물들의 관리 시스템을 장악해 온갖 사건을 일으킨 범인은 당연히 동범의 사주를 받은 노멘이다.

"조금만 기다려라."

멀어져가는 허종각의 뒷모습을 보면서 동범은 조용히 중얼거렸다.

명동에 도착한 허종각은 유네스코 빌딩에 자리 잡은 자리 잡은 완보실업으로 들어갔다.

보통 사람들은 사채 하면 우락부락한 깍두기 머리의 청년들을 생각하지만 완보실업은 그런 이미지와는 거리가 멀었다.

완보실업은 조금 전 허종각이 대출 거절을 받은 은행의 지점장실보다 더 깨끗했고 고급스럽게 인테리어가 되어 있었다.

허종각은 아버지 덕분에 안면이 있는 완보실업 회상 안문상을 만나길 청했다.

같은 시간 동범은 명동의 한 카페에 자리를 잡고 커피를 마시고 있었다.

"완보실업은 명동성당 주변과 은행연합회 골목에 위치한 1,000여 개의 사채업체와는 달리 국공채 매입업체야."

"예상 밖이네. 건물을 담보로 돈을 빌릴 줄 알았더니 웬 국공채? 혹시 허인수가 숨겨둔 돈이 더 있는 것 아냐?"

"그런 건 아냐. 허인수는 여당의 정치자금 모집책이기도 했어. 그 시절부터 완보실업 회상 안문상과는 여러모로 안면이 있었지. 안문상은 본질적으로 사채업자니 여기서 돈을 빌릴 속셈이지."

"거절하겠지?"

"허종각이 들어가기 전 전화해놓았어. 아무리 친해도 돈을 빌려주지는 않을 거야."

할 수만 있다면 허종각이 가지고 있는 건물 전체를 빼앗고 싶었다. 하지만 그렇게 되면 필연적으로 얼굴을 드러낼 수밖에 없다.

혼자서는 무리였다.

그렇다고 기자 시절 안면이 있던 몇몇 사채업자를 끌어들이기도 싫었다. 어디까지나 이번 일은 허종각과 자신만의 문제였다.

동범은 허종각이 터벅터벅 유네스코 빌딩을 나오는 모습

을 지켜보았다. 허종각은 명동성당 쪽으로 걸음을 옮겼다.

그곳들에서도 소득이 있을 리 없었다. 검찰청과 안기부, 청와대에서 걸려오는 경고전화를 무시할 간 큰 사채업자는 없었다.

업체 한 곳 한 곳을 들어가고 나올 때마다 허종각의 어깨가 더 처졌다.

동범은 허종각이 움직일 때마다 그를 따라다녔다.

'불편하긴 해. 노멘의 눈과 귀는 많지만 항상 원하는 장면을 보고 들을 수는 없으니.'

허종각이 들어가는 사채업체의 이름을 일일이 노멘에게 불러주던 동범에게 문득 든 생각이 있었다.

"뭘 하나 차려볼까?"

"차리다니 뭘?"

"너의 능력을 좋은 쪽에 사용하려면 나 혼자로는 힘들잖아. 난 그 잘난 마나를 이용할 물건들을 만들어야 하기도 하고."

"나쁜 생각은 아닌데? 나도 다른 사람들과 대화를 하고 싶기도 했어. 지금까지는 절대 안하던 행동이지만."

"그래, 너의 인간성 발달을 위해서도 네가 어느 정도 다른 사람과 가까워져도 된다고 동의해. 다만 진정한 정체는 숨겨야겠지만."

"형이 한번 생각해봐. 나도 연구를 해볼게."

앞으로의 행보에 대해 이런저런 이야기를 하며 허종각을 따르다 보니 이미 주변이 어두워졌다.

허종각은 소득이 없었는지 잔뜩 인상을 쓰며 집으로 돌아갔다.

더 이상 허종각을 따를 일이 없어진 동범은 한마정밀로 향했다.

대충 재료가 갖추어진 이상 더 미루고 싶지 않았다. 마나의 진실한 정체가 궁금했다. 그리고 그 정체를 알아내기 위해서는 남들이 볼까 무서울 정도로 기묘한 작업들이 아주 많이 필요했다.

*　　*　　*

이면박 대통령은 호불호가 확실한 사람이었다. 싫으면 천하없어도 싫었고, 좋으면 세상 모든 사람들이 손가락질을 하더라도 조금도 개의치 않았다.

대통령이 가장 좋아하는 것은 역시 돈이었다.

돈은 그를 활기차게 했고, 생기가 돌게 했다.

애국가가 울려 퍼지는 동안 대통령은 남은 임기를 헤아렸다. 이제 겨우 255일이 남았다. 시간이 부족했다.

그렇지 않아도 얼마 남지 않은 짧은 시간에 거추장스러운 일이 너무 많이 생기고 있었다.

　형식적인 애국가 제창이 끝나자 단상에 오른 이면박 대통령은 강당을 가득 채운 신입 사무관들을 바라보았다. 막 행정 고시를 패스하고 중앙공무원교육원에서 6개월에서 10개월 동안 연수교육 받는 5급 새내기 공무원들이다.

　그들은 어미가 주는 먹이를 갈구하는 새끼 개똥지빠귀 같은 초롱초롱한 눈망울로 자신을 바라보고 있었다.

　대통령은 남들 앞에서 강연하는 일을 좋아하지 않았다. 특유의 쇳소리가 섞인 그의 음성은 스스로도 듣기가 거북해서다.

　물론 대통령이란 자리는 이런 일 정도는 국무총리에게 위임하고 참석하지 않아도 된다. 하지만 불참을 한다면 안 그래도 시끄러운 정국에 또 한 가지 빌미를 주는 셈이다.

　"먼저 여러분의 합격을 축하합니다. 이제 여러분들은 국가를 위해 봉사할 소중한 기회를 얻었습니다. 치하도 해주고 싶고, 격려도 해주고 싶지만 현실을 그렇게 녹록하지 않습니다. 절대로 공무원들은 사리사욕을 버리고 국민들을 낮은 자세에서 섬기겠다는 굳건한 각오가 되어 있어야 합니다. 과거에는 그럴 수도 있습니다. 하지만 그 경험을 현대에 그대로 적용하면 국민들이 받아들이지 못합니다. 나도 민간에 있었기 때문에 을(乙)의 입장에서 공무원들의 뒷바라지를 해준 일이 있습니다. 분명 잘못입니다. 시대가 그랬습니다. 하지만 오늘날의 기준, G20정상회의까지 개최한 우리나라의 기준에서 보면 전혀 안 맞는 일이 되고 말았습니다. 지금도 공무원들은 마치 삼 김(金)시절처럼 일하고 있습니다. 법무부 검사들은 변호사들에게 저녁에 술 한 잔 얻어먹고 이해관계가 없으니 문제가 될 것이 없다고 말합니다. 교육부 공무원들은 과장만 되도 대학총장을 오라 가라 합니다. 이런 도덕불감증과 오만불손함을 버려야 합니다."

반응이 좋았다. 흡족했다.

새로 뽑은 연설문 작성 비서관이 마음에 들었다. 내용도 좋았다. 무엇보다 '나도 해봐서 아는데…….' 특히 이 부분이 좋았다.

연설을 마치고 우레와 같은 박수를 뒤로하고 단상을 내려오는 이면박 대통령에게 기획조정비서관 박영춘이 다가왔다.

"멋진 연설이었습니다. 감동했습니다."

"그래? 나도 좋았어. 이번 연설문 작성비서관 마음에 들어. 자네가 추천한 사람이지?"

"그렇습니다."

"자넨 역시 사람 보는 안목이 있어. 식사나 하고 가자고 경호팀에게 일러둬."

박영춘이 얼른 뛰어가더니 경호팀장에게 예약과 경호를

지시했다.

"빌어먹을……."

군 출신 경호팀장이 나지막하게 욕설을 내뱉었다. 기존 일정이 바뀌면 죽어나는 곳은 경호팀이다.

그래도 어쨌든 명령이다. 팀장의 지시를 받은 경호팀이 분주히 움직이기 시작했다.

연수원을 떠난 대통령 일행이 도착한 곳은 '양림'이라는 보신탕집이었다. 이면박 대통령은 중독이라고 해도 좋은 만큼 양림의 보신탕을 좋아했다.

이면박 대통령은 룸에서 홀로 식사를 했다. 그는 친구들과도 겸상을 하지 않는 성격이었다.

식사를 끝마칠 무렵 다른 룸에서 얼른 식사를 마친 박영춘이 룸으로 들어왔다.

"식사는 괜찮으셨습니까?"

"오늘은 고기가 조금 질겼어."

"주인에게 말해놓겠습니다."

"허 의원은 어떻게 됐어? 아직도 그 모양이야?"

이를 쑤시던 대통령이 물었다.

"미국 핑계만 대고 있습니다. 콘돌리자 라이스가 시켰다구요."

"미친놈. 미국이 미쳤다고 그깟 놈에게 부탁을 해? 어차피 미국 전투기 이외에는 살 계획도 없잖아.”

“그러게나 말입니다. 계속 다그치고 있습니다.”

“찾아내. 내 돈 먹고 편하게 잔 사람 없어.”

“지당하십니다. 그리고…….”

박영춘이 무의식중에 말꼬리를 흐렸다. 바로 대통령의 인상이 찌푸려졌다. 부하가 말꼬리를 흐리며 자신의 반응을 살피는 행동을 대통령은 끔찍이도 싫어했다.

눈치 빠르기라면 누구에게도 뒤지지 않는 박영춘이 대통령의 인상이 변하자 얼른 말을 이어나갔다.

“허 의원에게 압박을 하기 위해 몇 가지 조사를 좀 해보았습니다.”

“조사라…….”

“손을 쓰기도 전에 이미 망하기 일보 직전이더군요. 아들이 돈을 구하려고 사방팔방 은행과 사채업자들을 찾아다니고 있지만 오늘내일합니다.”

“흐~ 음! 그래서?”

“은행, 사채업자 모두 청와대의 지시로 대출을 거부하고 있습니다.”

“자네가 한 일이야?”

대통령이 무심하게 물었다.

기획조정비서관이란 직책은 그런 전화를 할 수도, 해서도 안 되는 자리다. 하지만 대통령은 자신의 영역을 침범하는 행동을 매우 싫어하면서도 부하들끼리의 영역 다툼에는 관심이 없는 성격이었다.

"아닙니다. 전 그런 전화를 한 적이 없습니다."

"누가 일을 잘하고 있구먼. 난 그렇게 생색 안내고 뒤에서 열심히 일하는 사람이 좋아."

이제 박영춘의 인상이 구겨질 차례다. 이번 정권을 만든 3인 중 한 명이라고 불릴 만큼 실세 중의 실세가 바로 자신이다. 그런 자신을 제쳐두고 누군가 대통령에게 손을 비비고 있었다.

'누군지 걸리기만 해봐라.'

박영춘은 마음속으로 이를 갈았다.

＊　　＊　　＊

"허종각은 뭘 하고 있지?"

"회사가 부도 처리된 후 건물들이 모두 은행 경매로 넘어갔습니다. 허종각은 밀려드는 채권자들의 등쌀에 강원도 인제 백담사 인근 한 암자에 몸을 피했습니다."

"혼자야?"

"걸려오는 전화는 없었습니다."

허종각은 파산 위기에 몰리자 매우 위험한 돈을 빌렸고 그 덕분에 남아 있던 건물과 집까지 모두 날리고 쫄딱 망했다. 허종각은 돈을 빌린 이들을 피해 암자에 몸을 피한 상태였다.

동범은 두 사람 사이의 불행했던 과거를 청산할 시점이 왔다고 생각했다.

허종각이 몸을 피하고 있다는 암자는 백담사에서도 한 시간 이상 산을 타야 하는 곳에 자리 잡고 있었다. 허종각은 암자 옆 계곡의 바위에 앉아 멍하니 흘러가는 계곡물을 바라보고 있었다.

나락으로 떨어진 인간의 얼굴을 동범은 잘 알고 있다. 교도소에 있던 1년간 동범은 매일 아침 그런 인간의 얼굴을 보았었다.

"종각아."

동범은 허종각을 불렀다.

놀란 기색도 없이 허종각이 고개를 돌렸다. 그도 동범의 이름을 불렀다.

"동범아."

처음 만났었던 고등학교 2학년시절 두 사람은 그렇게 서로의 이름을 불렀었다.

이제 와서 구차하게 잘잘못을 따지고 싶지는 않았다.

그래서 동범은 간단하게 말했다.

"사과해라."

"웃기지마."

사람은 그래야 할 때 고개를 숙이지 못해 파멸로 달려가는 경우가 있다. 동범도 사과하지 못하는 허종각의 마음을 이해했다.

"한 대만 맞아라."

"……."

힘껏 주먹을 휘둘렀다.

퍽!

첨벙!

허종각이 비명도 없이 계곡물로 쓰러졌다.

더 볼 것도 없었다. 동범은 그대로 몸을 돌렸다. 등 뒤에서 허종각이 흐느끼는 소리가 들었다.

외교통상부의 고위 공무원 그리고 동범을 린치했던 경호회사 직원들, 판결을 내렸던 판사, 변호사들도 나름의 벌을 받았다.

이제 과거를 잊고 앞으로 나아가야 할 시점이다.

그렇게 인생의 한 장이 문을 닫고 새로운 막이 올라갔다.

제10장
사라진 노멘

NOMEN
노멘

공장으로 돌아온 동범은 구석구석에 HD해상도의 웹 카메라를 달았다.

"어때? 잘 보여?"

"멋진데."

"한 개는 내가 머리에 쓸게. 그러면 나의 시점에서 너도 작업 상황을 볼 수 있을 거야."

사전 준비를 마친 동범은 본격적인 미스릴 제련에 나섰다.

먼저 두께 2㎝의 스테인리스 스틸로 만든 지름 50㎝, 깊이 40㎝이 가마솥을 준비했다. 가스버너로 가마솥을 달군 후 현자의 돌을 그 안에 집어넣었다.

단단했던 현자의 돌이 걸쭉한 액체로 녹아내렸다.

"아쉽긴 하네. 근처에 두면 따뜻한 기운이 있어서 좋았는데."

"끝나고 사라지는 것은 아니잖아."

"그렇긴 하지만."

녹아내린 현자의 돌에 동결건조를 해 가루를 낸 각종재료를 ㎎ 단위로 계량해서 준비해놓은 재료들을 순서대로 투입했다. 재료 한 가지를 투입할 때마다 온도와 시간을 각각 다르게 해야 하는 고도의 집중력이 필요했다.

"다음은 바다나리 분말. 시간은 3분 21초."

"오케이."

작업이 진행될수록 타오르는 붉은색이었던 현자의 돌이 푸른색, 노란색, 검정색으로 변하더니 마지막 단계에는 급기야 투명하게 변했다.

"마지막 단계야. 온도를 666도로 맞추고 하루, 444도로 맞추고 또 하루 마지막으로 777도에서 사흘을 끓여야 해."

"과거인 들은 이 과정을 어떻게 했을까 몰라. 온도계도 없고, 가스불도 없었을 텐데."

가스 버너와 온도계 그리고 시간을 조정하는 컨트롤 박스를 조작하며 동범이 진저리를 쳤다.

"불의 빛과 별의 운행으로 판단했다고 해. 그러니 이런 방법들이 실전된 것도 이해가 돼. 비의나 제의들은 어느 시대, 어느 문화를 막론하고 구전으로 내려오는 것이 보통이니까."

"청자의 비취색을 현대에 재현하지 못하는 것처럼."

"역시 독서가 효과가 있었어."

"말도 마라. 책만 보면 자동으로 오는 잠을 쫓느라 고생이 심하다."

노멘을 알기 위해 읽기 시작한 책은 역사와 종교 사회 문화 전반으로 범위를 넓혀가는 중이었다. 동범은 책이 보여주는 새로운 세상을 기쁜 마음으로 받아들이고 있었다.

*　　*　　*

연단이 끝나가고 있었다. 붉게 달아올랐던 스테인리스 가마솥이 점차 원래의 은빛 색깔을 찾아갔다.

가마솥 안에는 핸드볼공만 한 크기의 시리도록 투명한 구체 그 신비로운 모습을 드러내고 있었다.

"성공한 것 같아."

"내가 보기에도 그래, 축하해. 형."

"내가 한 일이 있어야 축하를 받지."

현자의 돌이 이제야 진실된 제 모습을 찾았다. 하지만 미스릴을 만들기 위해서는 겨우 첫 번째 단계가 끝났을 뿐이다.

동범은 전기로에 순수한 탄소로 만들어진 카본 파이버를 넣고 기계를 가동시켰다.

카본의 용융점은 무려 3,700도다. 이제부터 넣어야 할 재료 중 가장 높은 용융점을 가지고 있는 재료가 카본이었다.

순수한 탄소 덩어리인 카본이 녹기 시작하자 동범은 3,180도의 용융점을 갖는 리튬과 2,625도의 용융점을 갖는 몰리브덴을 넣었다.

그렇게 점차 용융점이 낮은 온도로 넣은 재료가 모두 스물한 가지였다.

마지막 대미는 665도의 용융점을 갖는 알루미늄이 차지했다.

스물한 가지의 광물이 서로 섞이며 녹아 끓어오르는 모습은 그 어디에도 비할 바 없이 신비로웠다.

"마지막이야."

"마지막이에요, 형."

"흥분된다."

"저도예요. 126,543건의 야금학 관련 논문을 살펴보았지만 앞으로 생길일은 상상도 할 수 없어요."

"넣는다."

동범은 투명한 현자의 돌을 전기로 속에 던져 넣었다.

잠시, 아무 일도 없었다.

그리고…

"보이니?"

"응, 형. 놀라운 광경이야."

"휴, 네가 놀랍다니……. 내가 더 놀랍다."

투명한 현자의 돌은 4,000도의 전기로 속에서도 전혀 녹지 않았다. 오히려 현자의 돌은 녹아 끓고 있던 광물을 빨아들이기 시작했다.

그리고 잠시 후 전기로 속에는 하얀색으로 변한 현자의 돌만이 덩그러니 모습을 드러냈다.

마지막 단계로 접어들었다.

동범은 불순물이 섞이지 않은 순도 99.99퍼센트의 알루미늄 괴를 전기로에 넣었다. 4,000도에 이르던 전기로의 온도는 알루미늄의 용융점인 660도까지 낮췄다.

알루미늄은 하얀색 현자의 돌과 섞이지 않았다. 대신 고유의 은빛을 버리고 현자의 돌처럼 유백색 빛을 내기 시작했다.

동범은 전기로의 온도를 333도까지 급랭시켰다.

신비롭게도 하얀색으로 변한 알루미늄 액이 현자의 돌과 분리되더니 스스로 뭉쳐 구 형태를 갖추기 시작했다.

이제 서서히 온도를 낮출 시간이었다.

얼마의 시간이 흐르자 전기로 속에는 아이 주먹만 한 크기의 현자의 돌과 축구공만 한 크기의 유백색 알루미늄 공이 남아 있었다.

드디어 미스릴이 완성된 것이다.

현자의 돌이 남아 있는 이유는 현자의 돌이 미스릴 제조에 있어서 촉매 역할을 하는 물질이기 때문이다. 현자의 돌과 알루미늄만 있으면 무한대로 미스릴을 제조할 수 있는 것이다.

완성된 미스릴은 흰색을 띤 은색의 따스한 느낌을 가진 금속이었다.

"이 정도로 복잡하니 네가 MIT에 의뢰한 상아의 서 조각의 분석이 실패할 수밖에 없었지."

"나도 그렇게 생각해."

이젠 가공하기 쉽도록 구체의 미스릴을 판재로 만들어야 했다.

미스릴은 금처럼 종이나 실로 만들 수 있을 정도로 연성(延性)이 좋다. 또한 이 상태에서 다시 한 가지 처리를 더하면 텅스텐보다 강한 금속으로 변하는 성질도 가지고 있었다.

동범은 미리 준비해둔 소형 유압식 프레스와 롤러로 미스릴을 칼국수 밀듯이 얇게 폈다. 그렇게 해서 최종적으로 완성된 것은 5㎜두께의 미스릴 판이었다.

"운명이야."

동범은 밀링을 준비하면서 말했다.

"왜 그렇게 생각하는데?"

"난 기계 공학과 출신이잖아. 대학에서 이런 가공기계를 다루는 법을 배우지는 않지만 첫 직장에서 1년간 이런 기계를 다루는 것을 배울 기회가 있었거든."

몇 번의 시행착오를 거쳐 노멘이 현대의 수치로 변환해준 도면을 보고 부품을 제작하고 조립하는 데 꼬박 1주일이 걸렸다.

마지막 단계로 완성된 장치를 불순물이 전혀 없는 증류수에 공업용으로 제조된 순도 99.99%의 염화나트륨을 녹인 수용액에 담근 다음 전기충격기로 10만 볼트의 충격을 가했다.

연질로 가공성이 뛰어난 미스릴을 세상에 모습을 드러낸 그 어떤 재료보다 강하고 내열성, 내식성이 우수하게 만드는 방법이다. 더불어 미스릴이 내부에 마나를 집적하는 행정의 방아쇠 역할을 하는 전기를 공급하는 방법이기도 했다.

그렇게 해서 최종 완성된 장치는 지름 2㎝에 1m 길이를 가진 환봉의 끝에 각 변이 7㎝ 정도인 사각상자가 달려 있는 구조였다. 그리고 사각 상자의 밑에는 컴퓨터의 냉각용 팬과 같은 형상의 장치가 달려 있었다.

이제 마나를 집적할 차례다.

동범은 사각 상자에 삐쭉 튀어나온 10여 개의 단추 중 한 개를 조심스럽게 눌렀다. 그러자 소리도 없이 상자 하부의 팬이 돌기 시작했다.

*　　　*　　　*

올드 원이라 불리는 외계인들이 인간에게 준 가장 큰 힘이 마나다. 동범이 첫 번째로 만든 장치는 그 힘 중에서도 마나를 가장 파괴적으로 사용하는 장치였다.

실험을 위해서는 조용한 장소가 필요했다. 동범이 만든 장치가 어떤 위력을 발휘할 지는 아무도 몰랐다.

고민하던 동범은 위장을 위한 낚시도구를 챙겨서 서해안으로 행했다. 그리고 낚싯배를 불러 무인도 한곳으로 갔다.

낚싯배가 떠나자 동범은 노트북에 별도의 고해상도 웹 카메라를 장착한 다음 스마트폰의 와이파이 핫스팟 기능을 이용해 인터넷에 연결했다. 그리고 노트북의 웹 카메라를 자신에게 맞추었다. 기존의 스마트폰이라면 도저히 엄두가 안날 동영상 전송이었지만 3G가 아닌 4G의 스마트폰은 그 속도를 충분히 감당했다.

준비가 끝나자 동범은 장치를 어색하게 잡고 사람만 한 크기의 바위를 겨냥했다.

"한다."

"해!"

"진짜 한다."

"하래두!"

동범은 상자의 버튼 중 장치의 출력을 분사 또는 직진으로 하는 정도를 조정하는 버튼을 직진으로 선택했다. 그리고 마지막으로 출력을 중간 정도로 선택했다.

손에 땀이 흘렀다.

동범은 바지에 땀을 닦았다. 그리고 조심스럽게 안전스위치를 해제하고 발사버튼을 눌렀다.

충격은 없었다.

소리도 없었다.

하지만 결과는 놀라웠다. 구태여 머나먼 서해의 무인도까지 올 필요도 없었다.

바위는 지름이 5㎝ 정도 되는 구멍에 의해 앞뒤로 깨끗하게 관통되어 있었다.

동범은 노트북을 들고 바위로 다가갔다.

"보여? 마치 나무를 드릴로 뚫은 것 같아. 관통면이 유리같이 매끈해."

"열에 의한 손상도 없어 보여."

구멍을 앞뒤로 살피던 동범은 더 놀라운 사실을 발견했다.

"……. 믿을 수 없어."

목표가 되었던 바위 뒤에는 더 큰 바위들이 있었다. 과녁 바위를 뚫은 마나는 거기서 그치지 않고 뒤편이 바위들마저 깨끗하게 뚫어버린 상태였다.

장치의 분사 기능은 더 놀라웠다. 분사는 바위 전체를 아예

가루로 만들어 버렸다.

"이 장치의 이름이 뭐라고 했지."

"한국말로 하면 다목적 분쇄장치라고 했잖아."

"분쇄가 아니라 가루로 만들어 버리는군."

"원래는 건설장비였대. 그레이트 올드 원이 침공하자 이 장비를 전투용으로 전용한 거지."

"이런 장비들을 개인이 들고 싸웠는데도 못이기는 그레이트 올드 원은 뭐하는 것들일까?"

"……"

항상 어떤 질문에도 정확한 답을 내놓던 노멘이 이번에는 대답을 하지 않았다. 대신 동범이 자문자답했다.

"끈적거리고, 암울하며, 악하고, 어두우며, 보기만 해도 미쳐버리는 것들."

상아의 서에서 읽었던 구절이었다.

동범은 장치의 이름을 박살이나 충돌의 뜻을 가진 영어단어를 차용해서 '스메쉬'라고 명명했다.

"역시 형의 작명실력은 형편없어."

"넵 둬. 이렇게 살래."

실험은 대성공이었다.

이제 돈이 될 장치를 만들어야 했다. 어쨌든 마나를 이용할 수 있는 방법을 아는 자는 세상에 오직 동범뿐이었고 동범은 그 권리를 충분히 누릴 생각이었다.

낚싯배는 다음날 아침 오기로 했다. 동범은 준비한 라면으로 간단하게 저녁을 먹고 침낭에 들어가 무인도에서 하룻밤을 준비했다.

"노멘."

"왜?"

"그냥……."

"싱겁기는……."

"고마워. 아무것도 아닌 나를 특별하게 만들어 줘서."

"내가 더 고맙지. 내가 살아 있다는 감정을 느끼해준 것은 오직 형이야."

동범은 침낭 속에 누어 밤하늘을 바라보았다. 하늘을 가득 채우고 있는 별들이 마치 쏟아져 내릴 것만 같았다. 이렇게 별이 많이 본 경험도 오랜만이었다.

"마나라……."

마나는 기본적으로 상이한 성질의 두 입자가 통합된 개념이다. 동범도 정확히 이해하지는 못하고 있지만 이 두 입자는 한자리에 공존할 수도, 서로 나뉠 수도 있다. 그 의미는 마나가 궁극의 압축이 가능하다는 의미다.

다시 말하면 마나는 다른 기체와 달리 아무리 압축해도 액화되지 않는다. 말 그대로 본래의 성질을 가지고 무한정 압축

되는 것이다.

마나분쇄기의 원리는 의외로 간단했다.

일단 초 고강도 미스릴 통에 마나를 무한대에 가깝게 압축한다. 그리고 마나의 성질 중 분해의 성질을 직선으로 쏘아 보낸다.

그렇게 압축된 마나를 모으고 견딜 수 있는 것은 오직 강화된 미스릴 뿐이다.

그 외에도 마나를 이용하는 방법은 많다.

그저 마나를 조금씩 분출해서 동력원으로 사용할 수도 있고, 같은 자리에 공존하면서 공존하지 않을 수 있는 성질을 이용하면 물체를 하늘로 띄울 수도 있다.

이제 남은 과제는 하나였다.

"노멘. 고대의 인간들은 마나를 이용해서 초인이 될 수 있었다잖아. 그런데 상아의 서에는 어떻게 그럴 수 있었는지에 대한 방법이 전혀 안 적혀 있단 말이지."

대답이 없었다.

"노멘?"

역시 묵묵부답이었다.

동범은 침낭에서 빠져나와 스마트폰을 확인했다. 배터리는 충분했다. 노멘과 만나고 나서부터 대여섯 개의 배터리는 기본으로 가지고 다니는 동범이다.

“노멘?”

동범은 패닉에 빠졌다. 몇 달 동안 이런 경우는 단 한 번도 없었다.

동범은 스크리바를 호출했다.

“오랜만이에요. 주! 인! 님!”

사고는 못한다지만 성격은 부여되었다고 했다. 스크리바는 오랜만의 호출에 무척이나 쌀쌀맞게 대답했다.

“아~ 오랜만이야. 그것보다 스크리바. 노멘이 대답을 안 하네.”

“저도 노멘을 확인할 수 없습니다.”

뚱딴지같은 소리다.

노멘과 스크리바는 하나다. 노멘이 없으면 스크리바도 없다.

“무슨 소리야. 네가 노멘이잖아. 인격만 다른…….”

“맞습니다. 하지만 노멘은 저의 부름에 답하지 않고 있습니다. 사실입니다.”

“노멘이 있는 컴퓨터에 이상이라도 있는 거야?”

“그랬다면 저도 사라졌겠지요. 아시다시피 저와 노멘은 하나입니다.”

“……”

그날 무인도의 밤은 동범이 경험한 것 중 가장 길었다. 동범은 밤을 뜬눈으로 지새우며 노멘을 호출했다.

"화가 났을까?"

"그런 문제가 아닙니다."

"어떻게 이럴 수 있지? 프로그램에 오류라도 생긴 것이 분명해."

"그럴 가능성은 있습니다만 노멘의 성격으로 볼 때 백업이 없을 가능성은 전무합니다."

집으로 돌아와서도 노멘은 호출에 답하지 않았다. 일주일이 지나서야 동범은 노멘이 사라졌다는 사실을 인정할 수 있었다.

"스크리바, 노멘을 계속 찾아줘."

"알겠습니다, 주인님."

스크리바는 노멘처럼 인간에 대해, 생명에 대해, 시에 대해 이야기 할 필요도 없었다. 어쩌면 노멘보다도 더 편한 비서였다.

그래도 스크리바는 결코 노멘이 될 수 없었다.

노멘을 만나고 나서 망각하고 있었던 어떤 감정이 폭풍처럼 몰려왔다.

그 감정은 외로움이었다.

『노멘』 제2권에 계속…

마법사 무림기행

魔法師 武林紀行

김도형 퓨전 판타지 소설

신예 김도형이 그려내는 퓨전 장르의 변혁!
무림을 무대로 펼쳐지는 마법사의 전설!

무림에서 거지 소년으로 되살아난 마법사 브린.
더 이상 떨어질 곳도 없는 깊은 나락에서 마법사의 인생은 새로이 시작된다!

내 비록 시작은 이 꼴이나 그 끝은 창대하리니!

짓밟혀도 되살아나는 잡초 같은 생명력!
고난 속에서 빛을 발하는 날카로운 기재!

무협과 판타지를 넘나드는
마법사 브린의 모험을 기대하라!

김동신 퓨전 판타지 소설

모든 마수의 왕 베히모스.

그의 유일한 전인 파괴의 마공작 베르키.
마계를 피로 물들이고 공포로 군림했던 그가
드디어… 꿈에 그리던 한국으로 돌아왔다.

"친구들아,
나 권태령이 드디어 돌아왔어!"

피로 물들었던 마계의 나날을 잊고
가족과도 같은 친구들과 지내는 생활.
그 일상을 방해하는 자들은 결코 용서치 않는다!

살기가 휘몰아치는 황금안을 깨우지 말라!
오감을 조여오는 강렬한 퓨전 판타지의 귀환!

『비상하는 매』의 신선함, 『더 로그』의 치열함,
『월야환담』의 생동감.
그 모든 장점을 하나로 뭉쳐 만든 홍정훈식 판타지 팩션!

아더왕과 원탁의 기사.
전설의 검 엑스칼리버의 가호 아래 역사에 길이 남을 대왕국을 건설한
위대한 왕과 그의 충직한 기사들.

"…난 왜 이리 조건이 가혹해?!"

그 역사의 한복판에 나타난 이질적 존재, 요타!
수도사 킬워드의 신분을 빌려 아트릭스의 영주가 되어 천재적인 지략과 위압적인 신위를 휘두르며
아더왕이 다스리는 브리타니아에 정면으로 반기를 든다!

전설과 같이 시공을 뛰어넘어
새로운 아더왕의 이야기가 우리 앞에 나타난다!

Book Publishing CHUNGEORAM